黒の魔王 Ⅵ

静かな夜の盗賊討伐

外伝「アッシュ・トゥ・アッシュ 第Ⅱ章」

菱影代理

ヴァージニア
ゴルドランの戦い
妖精の森
ダイダロス
イルズ村
クゥアル村
メディア遺跡
アルザス防衛戦
大聖洋
復活の
地下墳墓
ファーレン

アスベル山脈
アスベル村
ラースプン討伐
アヴァロン
ダキア村
カラハド
要塞
ミケーネの遺跡街
スパーダ
プリムヴェールの地下神殿
セレーネの灯台
セレーネ
ラティフンディア
大森林
イスキア丘陵
ルーン
レムリア海

状態異常魔法

状態異常魔法は、八つの属性とは別系統の魔法であり、直接、心身に作用する効果を持つ。

毒 毒（ポワゾン）▶猛毒（ヴィオラ・ポワゾン）▶極毒（ヴラド・ポワゾン）

麻痺 麻痺（パライズ）▶重麻痺（ブレ・パライズ）▶最重麻痺（アルム・パライズ）

睡眠 睡眠（シエスタ）▶深睡眠（ノワル・シエスタ）▶深黒睡眠（オクルス・シエスタ）

狂化 狂化（バサーク）▶大狂化（ルベル・バサーク）▶最大狂化（フォアスト・バサーク）

魅了 魅了（チャーム）▶酔魅了（ローズ・チャーム）▶心酔魅了（ハーツ・チャーム）

混乱 混乱（パニコス）▶大混乱（ブラン・パニコス）▶極大混乱（テスタ・パニコス）

武技

武技は魔法と異なり、単発・範囲、の種類分けではなく、武器の特性に応じた分類になる。

剣技
【斬撃】一閃（スラッシュ）▶大一閃（ハイスラッシュ）▶真一閃（エルスラッシュ）
【連撃】双烈（ブレイザー）▶双激烈（レイジブレイザー）▶無双剣舞（ライオットブレイザー）

槍術
【刺突】一穿（スラスト）▶一撃穿（フルスラスト）▶撃震穿（フルチャージスラスト）
【投擲】飛閃（シュート）▶飛翔閃（シャープシュート）▶飛天翔閃（ブラストシュート）

打法
【打撃】大打（スマッシュ）▶強大打（ヘヴィスマッシュ）▶剛大打撃（ヘヴィメタルスマッシュ）
【破砕】破断（ブレイク）▶大破断（ブレイクバスター）▶大断撃破（ブレイクインパクト）

体術
【貫手】一突（スティンガー）▶閃突（レイスティンガー）▶烈閃（シャイニングスティンガー）
【拳打】一拳（ブロウ）▶鉄拳（ハードブロウ）▶王拳（ファイナルブロウ）
【走行】疾駆（エアウォーカー）▶閃疾駆（スカイウォーカー）▶千里疾駆（ソニックウォーカー）
【防御】硬身（ガード）▶鋼身（アイアンガード）▶金剛身（ダイアモンドガード）

魔法は**火・水・氷・雷・土・風・光・闇**の八つの**属性**があり、現代魔法（モデル）では**下級・中級・上級**の三つの**階級**に分かれ、さらに**攻撃魔法・範囲攻撃魔法・防御魔法・範囲防御魔法**の四つの**種類**に分けられている。基本的に魔法名は、属性と階級と魔法種類の組み合わせで決まる。

属性

火…イグニス　水…アクア
氷…アイズ　雷…ライン
土…テラ　風…エール
光…ルクス　闇…デス

攻撃魔法

下級…サギタ
中級…クリスサギタ
上級…フォルティスサギタ

範囲攻撃魔法

下級…ブラスト
中級…オーヴァブラスト
上級…フォースブラスト

防御魔法

下級…シルド
中級…アルマシルド
上級…アルガレアシルド

範囲防御魔法

下級…デファン
中級…ウォルデファン
上級…ランパートデファン

魔法名

各属性ごとに、階級と種類の全てを組み合わせた実際の魔法名の一覧。

魔法種類／属性	攻撃魔法	範囲攻撃魔法	防御魔法	範囲防御魔法
火属性	火矢 （イグニス・サギタ） 火炎槍 （イグニス・クリスサギタ） 火焔長槍 （イグニス・フォルティスサギタ）	炎砲 （イグニス・ブラスト） 火炎砲 （イグニス・オーヴァブラスト） 火焔葬 （イグニス・フォースブラスト）	火盾 （イグニス・シルド） 火炎大盾 （イグニス・アルマシルド） 火炎巨盾 （イグニス・アルガレアシルド）	火壁 （イグニス・デファン） 火炎防壁 （イグニス・ウォルデファン） 火焔城壁 （イグニス・ランパートデファン）
水属性	水矢 （アクア・サギタ） 水流槍 （アクア・クリスサギタ） 激流長槍 （アクア・フォルティスサギタ）	水砲 （アクア・ブラスト） 激流砲 （アクア・オーヴァブラスト） 海流大砲 （アクア・フォースブラスト）	水盾 （アクア・シルド） 水流大盾 （アクア・アルマシルド） 激流巨盾 （アクア・アルガレアシルド）	水壁 （アクア・デファン） 激流防壁 （アウア・ウォルデファン） 海流城壁 （アクア・ランパートデファン）
氷属性	氷矢 （アイズ・サギタ） 氷柱槍 （アイズ・クリスサギタ） 凍結長槍 （アイズ・フォルティスサギタ）	氷砲 （アイズ・ブラスト） 氷結砲 （アイズ・オーヴァブラスト） 氷雪葬 （アイズ・フォースブラスト）	氷盾 （アイズ・シルド） 氷結大盾 （アイズ・アルマシルド） 氷雪巨盾 （アイズ・アルガレアシルド）	氷壁 （アイズ・デファン） 凍結防壁 （アイズ・ウォルデファン） 氷山城壁 （アイズ・ランパートデファン）
雷属性	雷矢 （ライン・サギタ） 飛雷槍 （ライン・クリスサギタ） 天雷長槍 （ライン・フォルティスサギタ）	雷砲 （ライン・ブラスト） 雷撃砲 （ライン・オーヴァブラスト） 雷鳴震電 （ライン・フォースブラスト）	雷盾 （ライン・シルド） 雷撃大盾 （ライン・アルマシルド） 雷光巨盾 （ライン・アルガレアシルド）	雷壁 （ライン・デファン） 雷鳴防壁 （ライン・ウォルデファン） 天雷城壁 （ライン・ランパートデファン）
土属性	石矢 （テラ・サギタ） 岩石槍 （テラ・クリスサギタ） 破岩長槍 （テラ・フォルティスサギタ）	岩砲 （テラ・ブラスト） 岩礫崩 （テラ・オーヴァブラスト） 岩山崩落 （テラ・フォースブラスト）	石盾 （テラ・シルド） 岩石大盾 （テラ・アルマシルド） 岩山巨盾 （テラ・アルガレアシルド）	石壁 （テラ・デファン） 岩石防壁 （テラ・ウォルデファン） 大山城壁 （テラ・ランパートデファン）
風属性	風矢 （エール・サギタ） 疾風剣 （エール・クリスサギタ） 旋風大剣 （エール・フォルティスサギタ）	風連刃 （エール・ブラスト） 旋風連刃 （エール・オーヴァブラスト） 大嵐剣舞 （エール・フォースブラスト）	風盾 （エール・シルド） 疾風大盾 （エール・アルマシルド） 旋風巨盾 （エール・アルガレアシルド）	風壁 （エール・デファン） 大風防壁 （エール・ウォルデファン） 大嵐城壁 （エール・ランパートデファン）
光属性	光矢 （ルクス・サギタ） 白光矢 （ルクス・クリスサギタ） 閃光白矢 （ルクス・フォルティスサギタ）	光砲 （ルクス・ブラスト） 閃光砲 （ルクス・オーヴァブラスト） 大閃光砲 （ルクス・フォースブラスト）	光盾 （ルクス・シルド） 白光大盾 （ルクス・アルマシルド） 白光巨盾 （ルクス・アルガレアシルド）	光壁 （ルクス・デファン） 輝光防壁 （ルクス・ウォルデファン） 極光城壁 （ルクス・ランパートデファン）
闇属性	影矢 （デス・サギタ） 黒影槍 （デス・クリスサギタ） 闇夜黒槍 （デス・フォルティスサギタ）	黒砲 （デス・ブラスト） 暗黒砲 （デス・オーヴァブラスト） 深淵葬 （デス・フォースブラスト）	黒盾 （デス・シルド） 黒影大盾 （デス・アルマシルド） 夜影巨盾 （デス・アルガレアシルド）	黒壁 （デス・デファン） 邪心防壁 （デス・ウォルデファン） 邪悪城壁 （デス・ランパートデファン）

登場人物紹介

クロノ

本名、黒乃真央。日本人の高校生だったが、『白の秘跡』によって異世界に召喚された。超人的な身体能力と黒魔法、そして呪いの武器を操る狂戦士。妖精リリィ、魔女フィオナと共に冒険者パーティ『エレメントマスター』を結成し、活動中。『古の魔王』ミア・エルロードを名乗る謎の子供から、魔王の加護を授かるための試練を課される。半信半疑であったが、ラースプンを撃退し第一の試練を乗り越えたことで、新たな力を手にした。

リリィ

半人半魔の妖精。普段は幼女の姿だが、満月の晩と『紅水晶球《クイーンベリル》』を行使することで、真の姿である少女となる。幼女の時は純粋無垢な子供らしい性格だが、少女と化せば冷酷無比な恐ろしい面も併せ持つ。妖精族の固有魔法《エクストラ》である『妖精結界《オラクルフィールド》』と光魔法とテレパシー能力、全てにおいて非常に強力なレベルで行使する。

病的なまでに、クロノを愛しているが……

フィオナ・ソレイユ

魔法の威力を制御できない暴走魔女、だが、『エレメントマスター』のメンバーで最大の火力を誇る。高い魔力消費の反動か、かなりの大食いで、だいたいいつもお腹を空かせている。非常にマイペースな性格で、天然な発言が多い。空気を読むのは苦手、だが、本人は特に気にしていない。その能力と性格故に、恋人どころか友達や仲間の一人もできなかったが、最近になってクロノへの淡い恋心に火が点いたようで……

サリエル

第七使徒。『白き神』より直接その加護を授かる。十字教における最強の存在、十二人の使徒の一人。クロノと同じく、『白の秘跡』の実験によって、使徒へと至った。実験体として作られたため、人間的な感情はなく、合理的な思考によってのみ動く、人形のような性格。現在は十字軍の総司令として首都ダイダロスの王城に座し、次の決戦を待っている。

シモン・フリードリヒ・バルディエル

エルフの錬金術師。美形と名高いエルフに相応しい容姿の可憐な美少女……に見えるが、男である。魔法も武技も使えないが、一人で銃を作り上げた天才で、射撃の才能も持ち合わせていた。アルザス防衛戦において、『エレメントマスター』を除いた唯一の生き残りであり、クロノにとってのかけがえのない友人である。

ウィルハルト・トリスタン・スパーダ

スパーダの第二王子。剣王と称されるスパーダ国王レオンハルトの息子だが、全く武の才能を受け継げなかった。狂言的な物言いから妄想王子などと揶揄されているが、聡明な頭脳を持つ。ガラハド山脈で襲われたラースプンから助けられたことで、クロノと友誼を結んだ。曰く、魂の盟友。

ミア・エルロード

古の魔王。かつてパンドラ大陸を統一したエルロード帝国の皇帝。パンドラ史上最強の伝説の人物であり、『黒き神々』の一柱として神になったと言われているが、魔王の加護を授かった者は歴史上一人も現れなかった。クロノはスパーダの路地裏で、このミアを名乗る謎の子供と出会ったが、本物かどうかは分からない。男か女かも分からなかった。

ネル・ユリウス・エルロード

アヴァロンの第一王女。第一王子の兄ネロと共にスパーダへ留学中であり、冒険者パーティ『ウイングロード』を結成し活躍もしている。クラスは治癒術士《プリースト》。お姫様のイメージに相応しい、慈悲深く、誰にでも優しい博愛精神の持ち主。その困っている人は放っておけない心優しい性格故に、クロノと出会った際にお節介を焼いたりした。

アイ

第八使徒。能天気な性格で、『世直し』と称し身分を隠して、自由に活動していた。ただの傭兵として十字軍に参加し、アルザスの戦いでクロノ達を相手に使徒の力を解放。本人は遊びの気分で戦っていたが、クロノにとっては左眼を射抜いた因縁のある敵の一人。

ミサ

第十一使徒。ワガママな性格で、ほぼ独断でアルザスまで乗り込んできた。ヴァルカン達冒険者の仲間を殲滅した元凶。圧倒的な使徒の力に加えて、強力な精神魔法を操る。

目次

プロローグ

スパーダ領の南西、隣国ファーレンと接する国境付近は広い平野となっている。両国を繋ぐ幅が広いだけの舗装されていない街道、その傍らに二つのテントを張った野営地があった。

先日、晴れてランク2へと昇格を果たした王立スパーダ神学校の騎士候補生エディは、クラスメイトの女生徒シェンナと共に、焚火を囲んで番をしていた。

明るい茶髪のエディと淡い緑のおさげ髪のシェンナ、二人とも取り立てて目立つ容姿ではなく、身長も体格も人間としては平均的といったところ。一見すると釣り合いの取れたごく普通の学生カップルにも見える。

だが、二人の関係は未だそこまで色っぽいものではなく、今の状況も、単純に二人のパーティが協力してクエストを遂行しているというだけのこと。もっとも、今は無事にクエストを果たしてスパーダへ帰る途中であり、モンスターと戦闘する危険はとうに過ぎ去っている。

「ふわぁ～」と、エディが大口をあけて欠伸するくらい気が緩むのも、致し方ないことだろう。

「なに欠伸してんのよ、だらしない」

だが、眼鏡をかけた生真面目なイメージそのままに、シェンナにとってエディの態度は許せるものではなかったようだ。眼光の代わりにやや大きめな丸眼鏡がキラリと輝く。

「うっさいなー、いいだろ欠伸くらい」

「街道沿いだからって、モンスターが出ないわけじゃないのよ、そういう油断が——」

「あーもーこれだから委員長は」

弾ける焚火に照らされて言い合う二人だが、不思議と険悪な雰囲気は感じられない。こういったことは日常茶飯事で、今は眠りについているメンバーがこの様子を目にしたとしても、夫婦喧嘩は犬も食わないとでも言うように放っておいたことだろう。

「まったく、お前ももうちょっとエリナさんみたくお淑《しと》やかに——誰だっ！」

いつもの言い合いに発展しようとしたその時、エディは野営地に接近してくる何者かの気配を鋭く察知し、誰何《すいか》の声を張り上げた。

耳を澄ませば足音と呻き声のようなものが聞こえてくる。どうやら相手に気配を隠すつもりは全くないように思える。一拍遅れてシェンナも立ち上がり、未だ闇夜の向こうで姿の見えない何者かを確認するべく、愛用の短杖《ワンド》を振るった。

「[illegible]——『灯火《トーチ》』」

素早い詠唱の後、魔法の灯火が一つ中空に現れ、気配がする方向を照らし出した。

「なんだ、女の子？」

こちらに向かってくるのは、エディの言うように、紛れもなく人間の少女であった。格好は田舎の村ならどこにでもある薄手の普段着。村に通じる街道とはいえ、そんな普通の村娘といった風な少女が、こんな夜中に徘徊しているのは不自然極まる。

「た、助けて……助けて、ください……」

もしやアンデッドの類か、と思うが、その悲痛な叫びを耳にした瞬間、エディは剣を鞘に収め、シェンナも杖の構えを解いた。

よく見れば、少女の服は乱暴に破かれたようにボロボロで、足は靴もサンダルもなく裸足のまま、尋常な様子ではない事がすぐに分かった。

「お、おい、大丈夫か!?」


保護した少女から話を聞くと、彼女は盗賊から逃げてきたということであった。

「くそっ、酷ぇことしやがって」

この自分たちよりも二つか三つは年下の彼女が、どういう経緯でこのような姿になったのかは、わざわざ聞かずとも察しがついた。

「まずいな、まさか盗賊がこの近くに野営していたなんて」

「警戒を強めましょう。きっと逃げたこの娘を探しにくるわよ」

すでにエディの男子パーティと、シェンナの女子パーティのメンバーは全員起きて、しっかり武装を整えて集っている。みなそれぞれ緊張した面持ちで周囲へ鋭い注意を向けた。

「あ、あの、お願いします、どうか、助けてください」

涙を浮かべて懇願する年下の少女に、シェンナは安心させるように優しく微笑んで言い聞かせた。

「大丈夫よ、貴女は私たちが保護するわ」

「おうよ、なんたって俺らはスパーダの騎士だからな。か弱い女の子は必ず守ってみせるぜ！」

随分とカッコいいことを言うエディに、周囲から「まだ騎士見習いだろう」と突っ込みが入る。

だが、未だ学生の騎士候補生であろうとも、彼らの心意気はすでにスパーダ騎士である。誰一人として、この哀れな少女を放っておこうなどと微塵も考えなかった。

「おい見ろ、どうやら盗賊のヤツらがこっちに気がついたみたいだぜ」

エディが指し示す先には、真っ直ぐこちらへ向かって接近してくる灯りの列が見えた。速度からして、間違いなく全員が騎馬に乗っている。徒歩の彼らに逃げられる道理はない。

「恐らく、戦闘になるでしょう。みんな、気合入れていくわよ」

男子四人、女子四人、合わせて八人の騎士候補生はスパーダ騎士の誇りにかけて、必ずやこの苦難を乗り越えんことを誓い合う。クエストでモンスターと相対するときと同じように、前衛、後衛に分かれて陣形を組んだ後、暗闇の向こうから、ついに盗賊団が現れた。

「こんばんわー、どんな厳つい冒険者かと思ったら、へへ、坊ちゃん嬢ちゃんばかりじゃないの。スパーダの学生さんかなぁ、ん？」

先頭を切って現れたのは、自分達と同じように武装した男、だが冒険者というよりも盗賊といった方がしっくりくるような卑しい雰囲気を漂わせている。

その男に続いて、陣形を組むエディ達と真っ向から対峙するように、それぞれ得物を構えた盗賊たちが馬上より降り立った。数は盗賊の方がやや多いといったところか。暗がりではっきりと確認できないものの、人数による致命的な戦力差はそこまでないように思えた。

エディ達はまだ二年生といえども、日々鍛錬に勤しんできた騎士候補生。武技の一つも満足に習得していない寄せ集めの盗賊風情に遅れをとることはない。

逆に盗賊の方は、こんな幾つも年下の子供に敗北すると思ってはいないのだろう。完全に舐め切った余裕の表情を浮かべている。

両者の間に不穏な空気が流れるが、未だ鞘から剣が抜かれることはなく、一瞬の膠着状態が生まれた。

「おいおい、そんなに身構えないでくれよー、俺らはちょっと人探しをしてるだけなんだ」

「俺たちは誰も見てねぇよ」

男子パーティのリーダーとして、エディが代表して言う。

保護した少女はテントの中に匿《かくま》っており、外から目に付くようなことはない。白を切ってこの場を切り抜けられるというのなら、それに越したことはない。だが、

「なぁ兄ちゃんよ、この辺は見ての通りだだっ広い草原だ。人一人が身を隠せるような場所なんて、そこのテントの中くらいしかねぇ、ちょいと確認させちゃあくれねぇか？」

盗賊たちがここへ駆けつけるまで、少女を逃がすことのできなかった理由が、男が言ったようにこの辺に身を隠せるものがない草原だからである。

「断る」

「俺らもガキのお使いじゃあねぇんだ、確認するとこはキッチリ確認させてもらわなきゃなぁ、困るんだよぉ」

ボーズ頭をぼりぼりとかきながら、全てお見通しですというニヤけた顔で言う男。

「断るっつってんだろ、大人しく失せろ」

はぁ、と大げさに一つ溜息をついてから、男はさらに言葉を続ける。

「なぁ、ひょっとして兄ちゃんよ、俺らを盗賊かなんかと勘違いしてんじゃねぇのかなぁ？」

「……なんだと？」

「俺らはいわゆる奴隷商人ってヤツさ。だから逃げ出した商品である奴隷を追いかける大事なお仕事の真っ最中なワケよ」

奴隷、という存在の扱いは、基本的に禁止されていない。スパーダにも奴隷市場は公に存在している。

「下手に匿ってるとよぉ、そっちの方が盗賊ってことになっちまうぜ？　こっちは正規に奴隷商売やってんだ。商品を強奪されちゃあ黙っているわけにはいかねぇ。けど、大人しく返してくれるってんなら、それで全部仕舞いだ。お互い今夜は安らかに眠れるってなもんさ」

八人の少年少女に、動揺が走る。もし、この男が言っていることが事実であるならば、奴隷の逃亡を幇助した疑いで罪に問われるのは彼らの方である。

「奴隷か、なるほどな、けどお前の言っていることは信用できねぇ」

「おいおい、そりゃあ――」

「そして何より、スパーダでは奴隷への虐待は禁じられているわ。幼い少女へ狼藉を働いた罪が貴方達にはあるのよ！」

シェンナがエディに続いて啖呵を切った。

スパーダで奴隷は認められている。だがそれは、どのようなことをしても許される全ての人権が剥奪された、忌まわしき過去の歴史に登場する絶対服従の存在ではない。奴隷制度を認めているスパーダを始めとした都市国家では、奴隷の扱いに関して所有者の責任が法によって定められている。

奴隷に身を落としたといえども、少女に対して性的な暴行を働くことは許されていないのだ。少なくとも、公然と奴隷を所有するにはそうした法の遵守が求められる。

「ちっ、クソガキどもが、粋がりやがって」

吐き捨てるように悪態をついた男。だが、すでにエディを筆頭に騎士候補生達は剣を抜き、弓を引き、杖を構え、臨戦態勢を整え一歩も退かぬ気概を見せ付ける。

「うるせーよオッサン、どっからでもかかってきやがれ」

「あんま大人を舐めんなよガキども。おう、野郎ども、やっちまえ――とか言いてぇとこだが、兄ちゃんたち中々強そうだしなぁ、相手すんのはちょーっと怖ぇんだよな、正直なとこ言うと」

そのまま激高して斬りかかってくるかと思いきや、男はヘラヘラ笑いながら、全く殺意を見せようとしない。背後に控える男たちも、武器こそ手にしているが同じようにヤル気がない様子。

「ま、こういう時のための用心棒ってな、そういうワケで、先生方、お願いしやす！」

男の呼びかけに応えて、三つの影がゆっくりとエディ達の前へと現れた。

「おぉう、ようやく俺の出番か！　任せときな、こんなチビどもなんざ、一ひねりにしてやるぜ！」

最も大きな影は、優に2メートルは越える巨大なゴーレムであった。手にする戦槌《メイス》と大盾《タワーシールド》は身長に見合った巨大さを誇り、頭部にある一つ目が不気味に赤く輝く。

「なんだよ、ホントにガキばっかじゃねぇか」

次に大きい影は、ゴーレムと比べれば流石に小さいが、人間としてならかなり長身の部類に入る、スキンヘッドの大男だ。シンプルな革鎧に大振りのバトルアックスは基本的な戦士の装備だが、その逞《たくま》しく盛り上がった筋肉から、彼が秘めるパワーを感じずにはいられない。

「……」

最後の一人は、大柄な二人と並んだせいでかなり小さく見えた。身長はエディと同じかやや低いかといったところ。どこか虚ろな目をした金髪の男は、肌が妙に青白く、顔も体もやつれており、一見すると病人のように見える。

だが、ボロい黒コートに身を包み『刀』と呼ばれる特殊なつくりの剣を腰に佩《は》いたその姿は、どこか幽鬼のような不気味さを覚える。

「ひゃははは、思わぬところで新商品の入荷だぜ。先生方、できれば女の方は生け捕りでお願いしやすよお！」

そうして、スパーダの将来を担う若き騎士候補生達は、力のない正義が払わされる代価を、その身を持って思い知ることとなる。

第一章　入学

ラティフンディア大森林は、スパーダの冒険者からは通称でラティの森と呼び親しまれる定番のダンジョンである。

だが、その最深部には多種多様なランク４モンスターがひしめく危険地帯。うっかり奥のほうにまで迷い込んでしまえば、低ランク冒険者の命はない。

いや、最深部まで行かずとも、熟練の冒険者でも危うい場所がところにより発生する場合もある。

例えば、無数の蔦がウネウネとのたくっているこの場所がソレだ。

周囲にはむせ返るような甘ったるい臭気が漂っており、もしこの香りを人が吸わば男女を問わず下半身を熱くさせることだろう。この性欲を増進させる匂いは、どうやら動く蔦が分泌する粘液から発せられているらしい。

どの蔦も素手で触れるには戸惑われるヌメヌメと脂ぎったような光沢を宿す粘液に覆われており、天然の媚薬とも呼べる効果が宿ることを知れば、森の木々に絡みつく様子もどこか淫靡に見えてくる。

この蔦、正式には『モルジュラ』と呼ばれるランク２モンスターは、より効率的で効果的な繁殖を実現するために、この催淫効果を持つ粘液を獲得するに至った。

モルジュラの本体は無数の蔦が寄り集まって、直径１メートルほどのボール状である。そこから飛び出る長くしなやかな蔦、正しくは触手と呼ぶべき器官で移動や攻撃、獲物の捕獲を行う。

一体だけなら、触手のパワーも強靭と呼べるほどではなく、ムラムラと湧き上がる性欲を抑える少しばかりの理性を持っていられれば、人が倒すにそれほど難しい相手ではない。

しかし、やはりと言うべきか、彼らは群れで行動する。

それは単純な数の有利だけでなく、発する粘液の香りもより濃厚となり、数秒と持たず人をケダモノに変えるだけの強烈な効果を発揮するのだ。この森の木々をヌメった蔦で覆わんばかりにモルジュラが溢れかえる光景を前にすれば、ランク3の冒険者でも、解毒用ポーションを服用するなどの対策を施していなければ突撃するに躊躇するだろう。

そんな強烈な媚薬効果で相手を苦しめた上で、モルジュラは繁殖を行う。それがどのようなものであるかは、ちょうど新たな獲物が捕らえられたことで、今これから実演されるようであった。

哀れな獲物は純白の毛並みが美しい天馬《ペガサス》。背中より白鳥を思わせる両翼があるのを見れば、すぐに雌の個体であると判別できる。よく乙女の純血の象徴という何とも清純なイメージを持たれるが、果たしてこのペガサスが生娘であるかどうかは分からない。

ただ、清楚可憐な処女だろうが、子持ちの母だろうが、誰にでも股を開く淫売だろうが、いや、もっと言ってしまえば、老若男女の区別など、モルジュラの繁殖相手としては何の意味も持たない。

人でもモンスターでも、彼らがヤルことは全く同じ。故にモルジュラは美しいペガサスを相手にするとしても、新しい獲物を捕らえたという以上の感情を持つことはないだろう。

モルジュラの群れが発する濃密な催淫作用によって、ペガサスは空へ羽ばたく力も、地に立つ力も失ったようで、ヨロヨロとその場にへたり込んだ。気の早い触手がすでにその白い体へ巻きつき始めていたが、ついにペガサスが動きを止めたことで、周りを囲むに留めていた大多数のモルジュラも、一斉に触手を伸ばすに至った。

透明の粘液に塗れた深緑の触手は、動物であれば必ずもち得る『穴』と向かう。それは食べる為の口であったり、匂いをかぐ鼻であったり、排泄用の肛門であったり、勿論、子供を作るための生殖器もそうである。

そういった穴という穴に、モルジュラの触手は遠慮も加減も容赦もなく、我先にと競い合うように侵入してゆく。触手が纏う粘液は潤滑油の役割も果たしているようで、どこの穴でもズルリと音を立てながらすんなり奥へと入っていった。

ペガサスは全身を貫かれる感覚に、けたたましい鳴き声を挙げるが、当然、口からも侵入してくる触手によって、一瞬の内に沈黙させられる。

触手は体内へある程度の侵入を果たすと、己の内に溜め込んだ種子を一気に吐き出した。モルジュラの子供は他の生物の肉体を養分として成長する。故にこうして体内へ種子を生みつけ、苗床とするのだ。

そうして種を植え付けられた生物は、体の内側から養分を吸収され続け、ほどなくして衰弱死する。

その頃になると、成長したモルジュラが腹を食い破って外へと出てくるのだから、衰弱死を免れたとしても、死亡は確実である。

そしてそれは、そのどちらかの死に様を迎えるまでは、生きながらえてしまう。つまり、今のように延々と触手を突っ込まれ続け、種を植えられ続けるということだ。モルジュラに捕らえられると、このように数日間は肉体を陵辱され続けることとなる。

だからこそモルジュラはランク2でありながら、冒険者の間で『絶対に負けたくないモンスター』のトップ5に入る絶大な不人気ぶりを発揮しているのだった。

完全に触手に捕らえられれば、自害することもままならない。それは勿論、このペガサスもそう。彼女はこの後、生命が続く限り胎の中にモルジュラの種子を注がれ続ける運命にある。

だが、その運命は思わぬところで、あっさりと覆ってしまった。

死神の方から歩み寄ってくれたお陰で、今この瞬間に死という名の安らぎが、彼女に与えられたのだ。

「酷い匂いに、酷い光景だな」

唐突に現れたのは、見習い魔術士の黒ローブを身に纏った男。首から下げるギルドカードはランク2を示すブロンズ。

彼の右手には、燃えるような真紅の色合いをした刀身の山刀《マチエット》が握られている。それを軽く一振りすると、勢い良く猛火が迸《ほとばし》った。

だが、それはただの火ではない。自然界ではありえない黒く燃え盛る、闇の炎である。

黒い火炎は倒れこんだペガサスと、そこに暴漢のように群がるモルジュラを纏めて焼き払った。植物に近い体組織を持つモルジュラは火に弱く、これだけの炎を浴びせられて生存する余地はない。

「そうですね、触手を持つモンスターは大概このように醜悪な習性をしていますから」

と、あまり抑揚のない静かな声で感想を述べながら、男の背後から黒衣の魔女が姿を現した。

彼女の手には赤い短杖《ワンド》。線は男へ向けたままそれを振るうと、何十発もの火の玉が連続的に射出され、その辺から触手を伸ばばそうと迫り来るモルジュラたちを吹き飛ばしていく。

「むーっ、変な臭いがするー、やーっ！」

続けて現れたのは、淡いグリーンに発光する球状の結界を身に纏った幼い女の子。

モルジュラの発する甘ったるい匂いが言葉どおりお気に召さないようで、その可愛らしい顔には細い眉をひそめた不機嫌な表情が浮かんでいる。

そして、その不機嫌さを表情だけでなく、同時に態度でも表す。彼女は妖精特有の二対の羽を瞬かせると、そこら中に光の弾や線をばら撒いていく。

「あっ、折角『ラースプンの右腕』の試し切りしようと思ったのに、どんどんモルジュラの数が減っていく……」

男は少しばかり残念そうに言いながら、すぐ後ろで炎と光を撃ちまくる少女と幼女へ視線を向ける。

振り返ると同時に背後から飛び掛ってきたモルジュラは、男が視界に入れることもなく、ただ『ラースプンの右腕』と呼んだ赤いマチェットの刃にかかり、焼かれながら両断された。

「すみませんクロノさん、あまりに気持ち悪かったもので」

「うー、臭いのやーっ！」

全く悪びれない様子の魔女と、プンスカしている妖精の姿に、男は苦笑しながらも頷いた。

「まぁ、キモいのも臭いのも確かだ。あんまり長く相手にしたいヤツじゃないよな」

男が再び正面に視線を戻すと、そこには黒こげになるか、触手を散り散りにされたモルジュラの亡骸が幾つも転がっている。

この場にはパっと見ても百近いモルジュラがいたはずだが、あまりに一方的な攻撃を受けて流石に危険を察したのか、半分くらいは森の奥へ逃げ出してしまったようである。

「とりあえず、規定数は倒せたな。これでクエスト達成だ」

そして、このモルジュラ討伐が、彼ら『エレメントマスター』がランク3に上がるために必要な、最後のクエストでもあった。

◇◇◇

スパーダ冒険者ギルド学園地区支部に勤める若き受付嬢エリナは、その魔術士見習いローブ姿の男が現れた瞬間、心臓の鼓動が一つ高鳴った。

「おかえりなさいクロノ様、クエストの成功おめでとうございます！　これでランク3ですね！」

エリナの笑顔は、ギルドに務めてから初めてとなる、心からのものであった。

「ああ、はい、ありがとうございます」

眩いばかりの笑顔と思わぬ賛辞の言葉に、やや面食らったといった風なクロノだったが、とりあえず無難に返答した。

「えーと、それじゃあお願いします」

クロノが差し出す三枚のギルドカードを笑顔で受け取ったエリナは慣れた手つきでギルドカードを更新する魔法具《マジックアイテム》の操作を始めた。

「信じられない早さでランクアップしていますね。ビックリしちゃいました」

「そうですね、俺もパーティメンバーも、腕には多少の覚えがありますので」

ここまで大した苦労もなく、あっさりとランク3まで昇格してきた実力は、「多少の自信がある」と言えるものではないだろう。例えば、今現在ランク3になって久しい熟練冒険者が、もし再びランク1からスタートしたならば、果たして一ヶ月そこそこでランク3にまで返り咲くことができるかと問われれば、その答えは否である。

ランク2モンスターの討伐系クエストとはいえ、実力がランク3であっても、入念な下準備や現地での慎重な立ち回りが必要となる。時にはターゲットを発見しても、大きすぎる群れであったり、周辺のモンスターの動向によっては、見逃す場合も珍しくはない。

そうなれば当然、クエストをクリアするにはそれ相応の時間がかかる。にも関わらず、ランク3に上がるまで一ヶ月ちょっとという時間を鑑みれば、受注した全てのクエストにおいて、エンカウントすれば速攻で討伐を終えた、ということの証左に他ならない。

ついでに、このエレメントマスターというパーティは討伐系クエストにおいてはほぼ必ず規定数を上回る数のモンスターを討ち取ってくるのだ。これは正しく、モンスターが群れをなした程度では、全く相手にならないほどの実力を有していることの証明。

すでにしてエリナは確信している。エレメントマスターは間違いなくランク４以上の高い実力を秘めていると。

「うふふ、冒険者になる前は、何をなさっていたのですか？」

「すみません、それは秘密ということで」

「いえ、こちらこそ、余計な詮索するのは失礼でしたね」

そんな何気ないやり取りの中でも、エリナはやはりクロノという男が、イルズ村出身の田舎者ではなく、その言葉通り何がしかの秘密を抱えているのだと確信を深める。さらに考えてみれば、パーティメンバーの妖精リリィと魔女フィオナ、この二人も同じ村出身の幼馴染などではないだろうと予測が立つ。

（もしかして、ダイダロスの精鋭騎士だった、とか）

思えば、ダイダロスからスパーダへ避難するための緊急クエストに参加したという経歴も怪しい。ただの冒険者だと考えるよりも、敗走したダイダロス軍の生き残りである彼らが、民を逃がすために殿《しんがり》を務めた、と考えればそれなりに辻褄が合う。

（むむ、亡国の騎士だなんて、なかなかそそるシチュエーションじゃないの）

ともすれば甘美な妄想に囚われそうになるが、そこはエリナもエリート受付嬢として、仕事はきっちり果たす。つまり、ギルドカードの更新が終了したのである。

「はい、更新が終わりましたよ」

そうして、ブロンズからシルバーへと一気に輝きが増した新たなギルドカードをクロノへ渡しながら、エリナは重ねて祝いと激励の言葉を述べた。

心よりの言葉と笑顔で褒め称えられ、クロノは気恥かしいと言うように僅かながらの照れを見せた。

人によっては恐ろしいと言わしめるだろう、彼の冷たく鋭い容貌が相好を崩す様は、凄まじいギャップ萌えとなってエリナの心を苦しめた。

(ヤバい、イイ……)

思わず涎やら鼻血やらが吹き出そうになるエリナだったが、エルフの持つ鋼の理性によって何とか表向きの平静を保つ。

「ところでクロノ様、クエストはどうされますか？」

これまでの経験則からいけば、今度はランク4に上がるためにランク3クエストを全て見せてくれ、とくるはず。

「いえ、クエストはまた今度にします」

「あら、そうですか？」

その予想に反する回答に、やや拍子抜けしたエリナは脳内でランク3クエストのリストアップを一時停止した。

「はい、これからは神学校の冒険者コースに通ってみようと思って」

「なるほど、そうでしたか」

と、口では言うものの、エリナの頭は疑念で一杯になった。

(何で今更？　実力は十分だし、ランク3まで上がってきたなら冒険者のイロハも分かってる。それに、もし騎士だったとするなら教養もそれなりにあるはず)

冒険者コースは、文字の読み書きや初歩的な数学、簡単な歴史、神学などなど、教養として学べる学問はどれも基礎的なもの。いくら新興国家であったダイダロスだったとしても、国が抱える騎士ともなればある程度の学問は修めているはず。

(一体、冒険者コースなんかで何を学ぼうっていうの？)

すぐに答えの出ないエリナは、そもそもダイダロス騎士だったという予測が外れていたのか、とも考え、結局クロノの正体に関してはさっぱり分からないという振り出しに戻ることとなった。

「あの、一ついいですか？」

頭の中がハテナマークで溢れかえりそうになっていたところに、今度はクロノが声をかけた。

「はい、なんでしょうか？」

エリナは間髪あけずに、即座にパーフェクトな笑顔で返答をする。頭の中はアレでも表向きの態度を乱すことはしない。勤続二年目とはいえ、それはすでにプロの領域であった。

「ランク3に上がると、モンスターの情報もかなり解禁されると聞いたので、閲覧したいのですが」

「はい、そうですね、ランク3からはほとんど全ての情報の閲覧が可能になります。それらの情報は二階にある資料室とは別に――」

ランク3は冒険者として一人前と見なされるランクである。故に、そこから先はランク以上のモンスターに挑むのも、本人達の自由であるとギルドは考える。

無謀な挑戦は命を無駄にするだけだが、ある程度の力をつけ、そこからより上を目指すのならば、少々の危険に飛び込むことも必要になるだろう。そういう判断で、ギルドは一部の極秘情報以外、ほぼ全てのモンスター情報をランク3以上の冒険者に閲覧する権限を与えている。

「なるほど、分かりました。ありがとうございます」

懇切丁寧な説明に謝意を述べるクロノに、エリナはまた一つ胸を高鳴らせた。

「それじゃ、また近いうちにクエスト見に来ます」

ありがとうございました、と言ってその場を去ろうとするクロノを、

「お待ち下さい、クロノ様」

エリナは引き止めた。

「はい？」

まさか静止の言葉がかかるなどとは微塵も思わなかったのだろう。クロノの顔には困惑の色がかすかに浮かんでいる。

「申し訳ありません。個人的なことですが、どうしても、その、改めてお礼を言いたくて」

「……お礼？」

何の、とクロノが問う前に、エリナは深く頭を下げて言葉を発した。

「危ないところを助けていただき、本当にありがとうございました。あの時、クロノ様が助けに入ってくれなければ、私はあの恐ろしい殺人犯によって命を落としていたでしょう」

「は、はぁ、殺人犯って――え、あれ、もしかして、あの時、襲われてた人？」

本気で驚いた、という表情をするクロノに、エリナは少しばかり意地悪く言葉を続けた。

「もしかして、私が誰か分からなかったんですか？」

「あ、いや……申し訳ない。あの時はこっちも必死だったから、顔まで確認する余裕がなくて」

「いえ、いいんですよ、あの状況じゃ分からないですよね。でも、私はすぐクロノ様だって、分かりましたけどね」

そう、エリナがクロノと相対して、年頃の乙女のように胸を高鳴らせているのには、そういう理由があった。

呪いに狂った殺人鬼ジョートから、颯爽と現れて我が身を守ってくれた騎士《ナイト》様、それがクロノである。

「すみません。でも、無事で良かったです」

「それはこっちの台詞ですよ。私、すぐに憲兵を呼んだんですけど、間に合ったのかどうか不安で……事情聴取の際にことの顛末は聞きましたから、その時になってようやく安心できました」

　ここでこのような状況となっているのは、エリナはその日の内に事情聴取を、クロノは戦闘後だったということもあって、一晩の休息の後、翌日の出頭を許されたという経緯がある。

エリナもクロノが助けてくれたということは分かっていたが、どこに滞在しているのかまでは分からない。そこで結局、確実に顔を合わせることができるのは冒険者ギルドしかないだろうと考え、その結果、今まさにそうなっている。

「憲兵を呼んでくれて助かりました。ありがとうございます」

それから少しばかり互いの無事を喜び合う言葉を交わし、クロノは今度こそその場を後にした。

エリナは黒いローブに包まれた男らしい大きな背中を見つめながら、呟いた。

「うふふ、クロノさん、貴方に１００点あげちゃいます」

しばらく保留にしていたクロノの男としての点数は、この瞬間にエリナの過去最高である１００点満点を記録した。

◇◇◇

　まさかあの襲われていた女性が受付嬢のエリナさんだったとは……こういうのを世の中は狭いと言うのだろうか。思わぬ事実であったが、顔の知っている人を助けることができたのだ。結果としては文句のつけようもない。

しかし、その割にはあんまりフィオナの反応が芳しくなかったな。喜んで話している俺に、むしろ冷ややかな視線を送ってた気がする。これはアレか、犯人を倒したのはフィオナなんだから俺がデカい顔すんなよ的なニュアンスがあるんだろうか。

うーん、それにしては一緒に聞いてたリリィも冷めた反応だったし、何なんだ一体……いや、まぁ冷たい反応云々は俺が気にしすぎているだけかもしれないな。二人にとっては人を助けるなんてことは、このモンスターの闊歩する異世界の住人としては日常茶飯事で珍しくもないのだろう。一人興奮している俺がバカなだけか。

それはともかくとして、俺はさっきエリナ嬢に聞いたとおり、解禁された新たなモンスター情報を入手するべく、ランク３以上専用の資料室へと足を運んできた。と言っても、四階のワンフロアが丸々資料室として利用されており、むしろ図書室と言った方が的確なほどの蔵書量を誇っている。

これは全てモンスターだけでなく、武器や魔法など、冒険者に関わる他の情報も含まれる。実際、その分類ごとに部屋が複数に分かれていた。

俺はモンスターの資料を担当し、リリィとフィオナにはその他の情報収集を任せている。未だこの世界の常識に疎い俺は、意味のわからない固有名詞や独特の言い回しなどがあるため本の内容を理解するのに苦労する。モンスター情報は生態や生息地域を知ることができればそれでＯＫだが、単純に読解力を必要とされる資料、特に魔法に関しての書物はお手上げの場合が多い。

そんなワケで、こういう役割分担をしているのだ。もっとも、エリシオン魔法学院という魔法の専門学校に通っていたフィオナにとって、そこまで目新しい魔法の書物に出会える可能性は低そうだが。

「さて、必要なことはミアが教えてくれるのかな」

俺はモンスター情報が記された書物が本棚一杯に詰め込まれた資料室に踏み込むと、右目を閉じてから周囲を見渡した。

「……当たりだな」

最も利用頻度が高いだろう、ギルドが編集したモンスターリストの数冊の背表紙が、赤く発光してその存在を主張している。左目を閉じて、右目だけで見てみると、やはり赤い発光は消え、何の変哲も無い本へと戻った。魔法だとしても全く構造が不明の目玉であるが、便利なので良しとしよう。

俺は光が示すリストを備えつけのテーブルに積み上げて、最初の一冊を開きながら椅子へ腰を下ろした。この資料室を利用しているのは、今は俺しかいないようで実に静かだ。ページを捲《めく》る音だけが響く室内は、なんだか高校の図書室を思い起こさせる。

そんな感傷的な思いに耽《ふけ》りながらも、資料に書かれた情報を、白紙の上にペンを走らせてメモをとっていく。その情報とはつまり、ラースプンに続く新たな試練のモンスターたちの事である。

少なくない時間をかけ、左目が赤く示すモンスターをリストアップしていく。

「あと六体、か」

紙に書かれたのは六つの名前。

『グリードゴア』、『スロウスギル』、『ラストローズ』、『グラトニーオクト』、『プライドジェム』、『エンヴィーレイ』――まるで、七つの大罪だな。

「その通り、罪の名を冠《かん》する魔物こそ、魔王の加護を受けるための供物に相応しい」

なんとなしに呟いた台詞に、思わぬ応えが返ってきた。

振り向けば、前に広場で出会った時と同じ神学校の制服に身を包んだミアが、そこに立っている。

「なんて、カッコつけすぎかな」

あはは、と言ってはにかむミア。恥かしいなら言わなきゃいいのに。

「相変わらず、いきなりの登場だな」

「えへへ、神様っぽいでしょ？」

そうか？　と思うが、どこか誇らしげなミアを見ていると、そういうことにしといてあげようと譲歩する気になる。もっとも、今の段階ではもう神様というより、ただのミアちゃんという子供相手にしている感じだが。

「残りの試練は、この六体のモンスターの討伐ということでいいのか？」

「うん、でも理由は言わなくても分かっているようだね」

炎の力を持つラースプンを倒し、俺は黒色魔力を炎に変化させる能力を得た。そして、今調べた六体のモンスターはそれぞれ単一の属性に特化した力を持っていると記載されている。

火、水、氷、土、雷、風、光、闇、これら八つが、魔法における属性であり、八つ全てを扱えれば真の意味でエレメントマスターを名乗れるのだ。

俺の試練として残されている六体のモンスターには、火と闇を除いた全ての属性が揃っている。

「黒色魔力の全属性への形質変化、それが加護の力だな」

「そうだね、最低でもそれだけの力は得られるよ」

ミアは俺の正面の席へと腰を下ろすと、一体何処から取り出したのか、大きなランチボックスを机の上へと置いた。これから昼食なのだろうか、俺はそんなミアの私用よりも、その意味有りげな言葉について追求する。

「最低でも、てことは、それ以上に何かがあるのか？」

「力をどう使うのかは君次第、上手に使ってよ、ということさ。あ、でも試練を全部達成すると、それ以上のものもあるよ！」

だから頑張ってね、と激励すると同時に、ミアは開いたランチボックスから取り出したやけにデカいサンドイッチをパクつき始めた。柔らかい白パンに挟み込まれている厚切りのベーコンから食欲を刺激する肉の香りが届く。やたら美味そうに見えるから困る。

そんなことよりも、使い方次第ってのは、どう能力の応用を利かせるかってところかな。

モルジュラ討伐のクエストで、『イフリートの親指』を強化した炎の山刀《マチエット》『ラースプンの右腕』を通して黒炎を単純に放出するだけでも結構な火力が出ることが証明された。

いや、普通に『ラースプンの右腕』のスペックが想像以上に高かったというのもある。ストラトス鍛冶工房は本当に良い仕事をしてくれた。これからも贔屓にしようと思う。

さておき、これからもう少し力の扱いに慣れていけば、刀身だけ高熱化するなど利用の幅が広がってくるはず。ああ、他の形質変化も習得できるなら、組み合わせてみるのも面白いかもしれない。

もっとも、今の段階では捕らぬ狸の皮算用に過ぎないが。

しかし、それとは別に試練を全部達成すると得られる『それ以上』ってのは、恐らく、

「神名を唱えて発動する加護、ってヤツか？」

ピク、と小さな手と口が止まった。

「もう、なんで知ってるのさ？」

「なんでって、みんな神様の名前唱えて加護使ってたからな」

リリィは『妖精女王イリス』、ヴァルカンは『孤狼ヴォルフガンド』、スーさんは『影渡ハンゾーマ』、それぞれ口にして加護の効果を発揮させていたのを、俺ははっきり目撃している。あれを見て分からないはずがないだろう。

「えーそっかぁ、知ってたのかー」

やけに残念そうな表情で、食事を再開するミア。なんだよ、秘密にしたかったのかよ……

「あー、でも、あれだな、なんて呪文を唱えるのか、今から楽しみだなー」

俺は何を神様のご機嫌取りなんかしてるんだか、と思いながらも、沈んだ表情でサンドイッチを頬張るミアの姿に居た堪れなくなって、こんな台詞を口にしてしまっていた。

「え、ホント？　むふふー、でもダメだよ、まだ秘密だからね！」

だが、効果は抜群だったようだ。今度は一転してニコニコと笑顔になるミア。なんだか、神様というよりも、本当に見た目相応な子供にしか思えないな。まぁ、可愛いからいいけど。

「ところで、ミア」

しかしながら、神様にルールがあるように、人の世にもルールというものがあるのだと、この子には教えておかねばならない注意点が一つある。

「え、なに？」

気がつけば一つ目の巨大ベーコンサンドを消費し、次のタマゴサンドへ手を伸ばしているミアへ、俺は図書委員にでもなったような気持ちで注意した。

「資料室で飲食は禁止だぞ」

紅炎の月20日、正午を知らせる鐘が鳴るにはまだ少しかかるかという時刻。王立スパーダ神学校の壮麗な本校舎内を、俺たちエレメントマスター三人組が歩く。

「入学って言っても、冒険者コースはあっさりしたもんだな」

「そうですね」

「ねー」

先日、冒険者ランク3に昇格を果たした俺たちは、前々からの考え通り、ついに神学校へと入学を果たしたのである。

今更学校かよ、という思いはあるものの、俺は地球から異世界召喚、フィオナはアーク大陸から、そしてリリィは妖精の森《フェアリーガーデン》で引き籠り生活、とウチのメンバーには誰一人として、パンドラでの常識に慣れていない。知りたいこと、学びたいこと、は基礎レベルから沢山あるのだ。

そういうワケで祝入学、なのだが、金さえ払えば誰でもウェルカムな冒険者コースだ。何の試験も課されることはないので、高校に合格するよりもありがたみがない。よって、今日から学生として初めての登校となるのだが、やることといえば基本的な入学の手続きと、簡単な学校説明のみ。

これ以後は授業を受けるも受けないも本人の自由。何なら今すぐ辞めることだってできる。

担任の先生がつくこともなければ、新しいクラスで自己紹介することもない。ただ、本人が必要だと思える授業に出ることができるというだけの学生身分だ。

冒険者コースの特徴を思えば当然といえば当然の自由度だが、それを分かっていてもやはり新しく通う学校に期待を抱いていた俺としては、少しばかり拍子抜けといったところ。しっかり神学校の制服である黒いブレザーを用意したことも虚しく思える。

今更だが、冒険者コースに在籍する生徒は必ずしも制服を着用する義務はない。律儀に着ているヤツは半分もいないらしい。

「形から入ったみたいで残念な感じだな」

「いいじゃないですか、制服、私は気に入っていますよ。クロノさんも凄く似合っていますし」

「クロノ、カッコいいよ！」

いや、俺なんかよりも制服の着こなしレベルは圧倒的に二人の方が高いだろう。フィオナは歳相応なので当然ピッタリ似あっているし、リリィなんてもう完全にピカピカの一年生といった感じだ。

対して俺は、元々通っていた学校は学ランだったので、ブレザーに変わった今は転校生にでもなったような新鮮な気分になるだけで、外見自体はどこにでもいる普通の高校生——には、今はもう見えないかな。

あの頃に比べたら、背も伸びたような気がするし、なによりも筋肉がついて体格が一回り大きくなっているのだ。もう高校生というよりも、冒険者と呼ぶほうが相応しいだろう。でもフィオナとリリィにお世辞にも似合ってるなんて言われると、密かに喜んでしまうのだが。

「ところで、二人はこれからどうする？　俺はシモンとウィルが入学を祝ってくれるらしいから、会いに行くけど、一緒に来ないか？」

「私は先に図書館を覗いて見ようと思っています。ちょっと探しものがあるので、後ほどそちらにお邪魔させていただきます」

蔵書のチェックとは勤勉だな。流石は魔女と呼ぶべきか。

「リリィはどうする？」

「あのねー、リリィも用事があるの」

なんとリリィに用事？　この幼女状態で一体何の用事があるというのだろうか、気になる。

「うふふ、まだ秘密！」

「そ、そうなのか」

秘密と言われてしまっては、これ以上は追求できないな。とりあえず、リリィもフィオナも後ほど合流するので、俺は一足先にシモンとウィルが待つ物置——じゃなくて、研究室に行こう。

ああ、そういえばウィル、スパーダの第二王子ウィルハルトと知り合ったことは、二人に話してはいるが、実際に会うのは今日が初めてとなるのか。

あの勢いにリリィが警戒しなければいいが……心配しすぎだろうか。

「それじゃ、また後でな」

そして、俺たちはそれぞれの目的地へ向かうべく、本校舎の正面玄関で一旦別れた。


「こ、これは——」

俺は今、シモンの住むボロ屋を訪れ、その一室にて約束通り入学祝いの歓待を受けている。わざわざ祝ってくれるなんて嬉しいことこの上ないが、実際には全く予想だにしない驚愕が待ち受けていた。

なぜなら、俺の目の前に並べられているのは、

「――オニギリじゃないかっ⁉」

ふっくらとした白米に、黒い海苔が巻かれた簡素ながら洗練された料理は、どこからどうみてもオニギリにしか見えない。

炊き立てを握ったばかりなのか、白黒ツートンカラーの三角形からはかすかに湯気が見える。仄《ほの》かに漂う海苔の香りが、どうしようもなく胃袋と食欲を刺激してやまない。

「おお、ホントにお兄さんが驚いてる」

「ふぁーっはっはっは、やはり我の見立て通りであったな！」

俺のリアクションにやたら満足気なウィル。

「なんだコレは、ウィルが用意してくれたのか？」

もともと昼食を用意して待っているとは聞いていたが、まさかオニギリが出てくるとは思わなかった。

一体何故、日本人のソウルフードとも言うべきオニギリが、この異世界の地に当たり前のように存在しているのか。俺は未だ興奮冷めやらぬままに問いかける。

「ふむ、先に確認しておくがクロノよ。汝は異邦人。つまり、この世界とは異なる別の世界からやってきた存在、そうなのだな？」

「ああ……って、待てよ。俺が異世界の人間だって、話したっけ？」

あまりに確信に満ちたウィルの物言いに思わず肯定してしまうが、思い返せば、俺がアルザス村で十字軍と戦った話はしたが、異世界からやって来た云々は言っていないはずだ。

今のところ、俺が異世界の人間、ここでは『異邦人』などと呼ばれる存在であることをカムアウトしたのは、リリィとフィオナとシモンの三人だけである。

チラリと疑惑の視線をシモンに向けると、意図を察したのか手と首を振って否定した。

「そう警戒してくれるな。異邦人だからといってどうこうしようというつもりはない。黒い髪と黒い瞳を持つのは割りと有名な異邦人の特徴だからな。一目見ればなんとなく予想もつくというものだ」

そういえば、黒い髪も黒い瞳も、これまでほとんど見かけなかった。片方だけなら持ち得ている人は僅かながらいたのだが、両方備えているのは、あの実験体以外には見たことがない。

なるほど、確率的に考えて、黒髪黒目の日本人的特徴がイコールで異邦人の特徴でもあるというのなら、その色だけで予測も立つというものか。まぁ、片方は赤眼になってるんだけど。

「そして、この異邦人が伝えたとされる料理であるオニギリに反応したことで、完全に確定した」

どうやら俺は嵌められたようだ。日本人なら異世界という見知らぬ場所でオニギリと出会えば喜ばないわけがない。いや、それよりも気になるのは、

「異邦人が伝えた、ってことは、スパーダにも俺と同じヤツがいるのか!?」

同じといっても、厳密には実験体としてヤツらに召喚されたということではない。それ以外の、何らかの要因でこの異世界に召喚された日本人がいるということが、驚くべきポイントである。

「いや、スパーダにはいない」

「じゃあ、どこに？」

「まぁ落ち着け、とりあえず食べながら話そうではないか。オニギリは冷めても美味いが、温かい方が美味しいからな」

はっはっは、といつもの高笑いをあげながら優雅に着席するウィルに俺とシモンも続いた。

いや、しかし、オニギリめっちゃ美味そうだな……やばい、なんか嬉しさと懐かしさで涙が出てきそうだ……

「――さて、クロノはレッドウイング伯爵、という名を聞いたことはあるか？」

鮭に似た魚が具となっている異世界版オニギリに舌鼓を打ちながら、ウィルはそう話をきりだした。

俺はセリアと名乗ったウィルのメイドさんからお茶をもらいつつ――お、このお茶の味は完全に緑茶だな、ってことは茶葉も存在しているのか。なんて思考がそれつつも、とりあえず返答した。

「いや、聞いたことはないな」

「ふむ、まぁダイダロスの片田舎に住んでいれば、有名人といえども一都市国家の貴族など知らぬのも当然か。やはりここは全知たる灰色の頭脳を持つこの――」

「ルーンって国にレッドウイング伯爵って人がいて、その人がお兄さんと同じ『ニホン』っていう異世界からきた異邦人らしいよ。このオニギリも伯爵が作ったんだって」

「ぬぉああああ！　シモン、貴様っ、最も重要な情報をあっさりバラすとは会話の機微を心得ぬなんと愚かしい所業をっ！」

「だって、ウィルは能書きが長すぎるんだよ、話進まないよ」

文句を垂れる王子様をジト目で睨む錬金術師。なんだこの二人、俺のいない間に随分と仲良くなってるな。

いや、そんな二人の進展よりも、レッドウイング伯爵なる人物が日本人というのが衝撃の事実である。恐らくレッドウイングというのは偽名か、現地で得た名前だろう。もし偽名だったとするなら、うーん、赤羽さん、だとか？　いや、安直すぎてそれはないか。

ともかく、日本人の俺から見てもパーフェクトな完成度のオニギリを見せ付けられては、その伯爵が嘘を吐いているということは有り得ないと断言できる。しかし伯爵とは、異邦人だというのなら裸一貫からのスタートだったろうに、物凄く偉くなったものだ。未だ住所不定な冒険者の俺とは大違いだな。

「なぁ、その伯爵にはどこに行けば会える？」

「いいや、会うことは不可能だ」

何故？　伯爵という貴族身分の人間とは、冒険者でしかない俺とお目どおりなど叶うはずがないからか？　その割には王族と平気でタメ口きいてるが。

「レッドウイング伯爵は、五十年前に亡くなっているのだ」

「は？」

ウィルの断言に、思わず間抜けな声が漏れた。死んでいる？　しかも、五十年も前に？　そんなバカな——いや、でも待てよ、そういえば、

「僕が生きていた時代にも、君のような者がいた。寧ろ今よりも多かったくらいだよ」

初めてミアと出会った時、そんなことを言っていた。そうだ、この異世界に地球から人間が召喚されるという現象は、俺が生きるこの時代に限った話じゃないのか。

「そうか、残念だ……」

折角、マトモな同郷の人間と出会えると思ったのだが、そう上手くはいかないな。

「そ、そんなに落ち込むでないクロノよ。ルーンには伯爵が残した異世界起源の品々が数多く存在するという」

「そうだよ、他にもスシーとかテンプーラとか、色んな食べ物があるんだって！」

思いがけず、素早い二人のフォローに嬉しくなると同時に、

「スシーとテンプーラって、ぷっ、ははは！」

まるでステレオタイプの外国人観光客のような単語を口にしたシモンに、思わず笑いが漏れる。

「え、なに、僕なんかおかしいこと言った？」

「はて、スシーもテンプーラもルーンが誇る有名な異世界料理だと言うのに」

「くくっ、いや、発音が違ってな、正しくは寿司と天プラ、だ」

おおー流石は本物の異邦人、としきりに関心を示すシモンとウィルの反応がなんだか可笑しくて、さらに笑いを誘ってくる。

間違いなく日本人であるレッドウイングなる人物と会えないのは残念だが、面白い情報が手に入ったものだ。ルーンか、いつかきっと行ってみよう。

◇◇◇

「あーめんどくせぇ」

そんな気だるい台詞を口にしながら、アヴァロンの第一王子にしてランク5パーティ『ウイングロード』のリーダー、ネロ・ユリウス・エルロードは学校の敷地内を歩いていた。

向かう先は王立スパーダ神学校が誇る、いや、スパーダという国が誇るといっても過言ではない、長い歴史と諸国でも指折りの蔵書量を持つ図書館である。一学校の図書館という位置づけではあるものの、皆は敬意を払って大図書館と呼ぶ。

「くっそぉ、サフィのヤツ、資料探しくらい一人でやれっての……」

そんな由緒正しき大図書館にネロが愚痴をこぼしつつイヤイヤ向かっている理由は、パーティメンバーの一人であるサフィール・マーヤ・ハイドラに手伝いを頼まれたからである。

こういう地味な仕事は生真面目な妹向きなのだが、ネルはシャルロットと一緒に授業へ出席している為、この時間は自由に動けない。勿論、剣を振るしか脳のないカイは戦力外。

結果的に頼めるのは、面倒くさがりという点を除けば頭脳明晰なネロにお鉢が回ってくるのは当然のことであった。

「なにが、どうせアンタ暇でしょ、だ。こっちはこっちで自由な時間を満喫してるんだっつーの」

人はソレを暇と呼ぶのだが、そのことを理解するにはネロはまだ若すぎたようだ。ともあれ、文句を言いつつもサフィの手伝いに向かうネロは、きっと心の底では退屈を持て余していた。

平穏な日常を望んでいるはずなのだが、心のどこかで退屈を忌避する二律背反の感情は、たまに思い出すように小さな悩みとなって彼を苛《さいな》む。もっとも、今はそんな感傷的な気持ちではないようだが。

「はぁ、この馬鹿でかいトコから、どこにあるとも知れない本を発掘する作業、か」

鬱になるね、なんて呟きながら、ネロは目の前に立ちはだかる巨大な大図書館をぼんやりと眺めた。

伝統的なスパーダの建築技法で造られた大図書館の外観は、さながら神殿のようである。真っ白いエンタシスの円柱が並ぶ回廊を越え、大きな両開きの扉が構える正面玄関に辿り着いた、その時。

「ん、あの娘は……」

どこか見覚えのある人影をネロの赤い両目が捉えた。自分と反対側の方向から、この正面玄関に向かってくるのは一人の少女。

女子の制服を身に纏った姿はこの神学校では当たり前の格好だが、風になびく淡い水色のショートヘアと、今も天に輝く太陽のような黄金の双眸は、どこか神秘的な魅力に包まれている。人形のように整った白皙《はくせき》の美貌をもつその少女に、ネロは明らかに見覚えがあった。

「ようアンタ、ここの生徒だったんだな」

自分の横をそのまま素通りして扉へ手をかける少女に向かって、ネロは声をかけた。

「……誰ですか？」

少女の口から飛び出たのは誰何を問う台詞。だが、こちらを向いた彼女の顔を改めて直視したネロは、やはり人違いではなかったと確信する。ちょうど一週間ほど前、広場の前で幹部候補生のナンパ二人組に声をかけられ、危ういところを助けた少女であったと。

「そういや、あの時は名乗らなかったな。知ってるもんだと思ったが――」

スパーダで自分の名を知らない者がいるのも驚きだが、もっと驚きなのは、タイミング良くピンチを救ったにも関わらず顔を覚えられていなかった。

ネロはこれまで幾度となくああいう女性の窮地を助けてきたが、その後は熱烈なアプローチをかけられ辟易した記憶しかない。名乗ってもいないのに、素性を突き止められてアヴァロン王城にまで押しかけられたことさえある。

「もしかして、ホントに覚えてねぇのか？」

「はい」

そう言い切った少女の目つきは素敵な男性に声をかけられて喜ぶものではなく、不審者に言い寄られて警戒しているような雰囲気である。下手をすれば、あのナンパ貴族のように彼女の短杖《ワンド》で殴られかねないな、と思いネロは少し慎重に言葉を選ぶことにした。

「一週間前に、広場でウチの学生二人組みにナンパされてたよな？」

「あ」

脈あり。どうやらパンドラの黒き神々はネロに微笑んだようである。

「思い出したか？」

「あの時ナンパしてきた片割れですか」

「いや、そっちじゃねぇよ！」

微笑んだかと思ったら、神々の悪戯だったようだ。

「ちゃんと思い出せよ。アンタが杖で殴って野郎共と揉めてるところに俺が助けに入っただろ？」

「ええ、そういえば三人目のナンパ男が――」

「いやだから、俺はナンパじゃなくて助けに入ったんだって言ってるだろ。俺が間に割って入ったからあの二人はあっさり引き下がったんだ」

「はぁ」

イマイチ納得のいっていない顔の少女。ネロは内心で大きく溜息をついた。

覚えているにしたって、まさかここまで適当に覚えられているとは予想の斜め上すぎる。

「けど、やっぱ面白いよお前、名前は？」

「名乗るほどの者ではありません」

ますます面白い、とネロはとぼけた反応を返す少女に思わず笑みが漏れる。

思えば、年頃の異性と会話してこれほど素っ気無い態度をとられるのは初めての経験だ。ネロの地位、容姿、実力、どれをとっても他人が放っておくことなどできない高いステイタスを誇る。良くも悪くも彼を無視できる人間はいない。少なくとも、今この時までは。

だからこそ、この心底無関心という態度な少女に、ネロは少しばかりの興味が湧いた。

「悪い。名乗る時は自分からってのが礼儀だよな。俺はネロ、ネロ・ユリウス・エルロードだ」

「……フィオナ・ソレイユです」

そう少女は名乗った。どうやら、無関心ではあっても礼儀知らずではないようだ。その対応にネロははっきりと好感を覚える。

ついでに、わざわざ家名まで名乗った。つまりはっきりとアヴァロンの王族であることを示したにも関わらず、やはり少女は顔色一つ変えない無表情を貫いているのも益々好ましく思える。

「それでフィオナ、この大図書館に何の用だ？　探しモノがあるなら手伝うぜ？」

同じ手伝いにしても、サフィにこき使われるよりかは、この出会ったばかりのフィオナの力になってあげる方がよほど働き甲斐がある。もっとも、彼女のそっけない反応からいって素直に申し出るとは思えないが、そこはダメ元で聞いてみたのだ。

「一つ、聞きたいことがあります」

だが、思いがけずフィオナの方から積極的な言葉が出てきた。

「なんだ？」

「この図書館に禁書が封印されている区画があるはずです。どこにあるか、分かりますか？」

とんでもない質問が飛び出したもんだ、とネロは表情にこそ表さなかったが、内心驚愕であった。

しかしながら、このどこまでも無表情な少女は、平気な顔して何かとんでもないことを言い出すんじゃないかと言う確信めいた予感もあった。

本来ならば禁書、閲覧することを禁じられたあらゆる意味で危険な書物が封印されている場所に、学生は用などないし、また、そこへ立ち入ることは公に禁止されている。そもそも、禁書の封印区画など大図書館の深部に関する情報は一介の学生に持ちえるはずがない。

フィオナの様子、といっても感情の読めない無表情のままだが、そうであっても、この質問に答えが返ってくると思ってはいないように思える。そのくせ、質問の内容自体はただの興味本位ではないようであった。ここは「分からない」と答えるのが正解であり、例え知っていたとしても教えるべきではないだろう。

だが、ネロは迷うことなく大図書館の扉へ手をかけ、堂々と言い放った。

「いいぜ、案内してやるよ、着いてきな」

正午の鐘が響き渡る頃には、ネロの大図書館案内はつつがなく終了し、二人はエントランスへ戻ってきた。

「――ま、大体こんなもんだ。満足したかいお嬢様？」

「ええ、参考になりました、ありがとうございます」

ネロは巧みな気配察知を駆使して人目を避けながら、学生の立ち入りが禁止されている大図書館の深部をぐるりと回ってきた。封印区画の中まで入ることはしなかったが、扉の前までは案内した。フィオナの質問は場所を教えて欲しいというものだったので、十分役目は果たしたと言えるだろう。

「一応言っとくけど、あそこに侵入しようなんて思うなよ。捕まるだけならまだいいが、ヤバいタイプの結界にかかったら痛いじゃ済まねぇからな」

だが、釘は刺しておいた方が良さそうだと思った。

「え？　はい、そうですね、入ろうだなんて思っていませんよ」

忠告は無駄に終わるかもしれないな、と薄々感じるが、今はそれ以上言えることはなかった。問題が起こったらその時はその時で、自分が何とかしてやればいいかと前向きに投げやりな結論を下す。

「ところで、もう昼だが学食でも行くか？　驕るぜ？」

「いえ、結構です」

フィオナからは即答で拒否られた。食事のお誘いを断られたのも、ネロにとって初めて。ショックというよりも軽い驚き。それから、やはりこのフィオナという少女は他の女子生徒と違って自分に媚びるようなところが全くないのだと改めて実感し、むしろ喜ばしく感じられる。

「そうかい、そいつは残念だ」

「では、私はこれで」

そうして、フィオナは全く名残惜しさを感じさせない堂々たる歩みで、さっさと大図書館を後にしていった。徹頭徹尾クールな態度を崩さなかった、どこまでも素っ気ないフィオナの背中を、苦笑をかすかに浮かべて見送った。

「見事にフラれたわね」

と、背後からネロに声がかけられた。

「サフィか」

振り返り見れば、そこには本来の約束相手であったサフィールが眼鏡を光らせて立っている。

「アンタが女に袖にされるところなんて、初めて見たわ」

「そうかもな」

事実を指摘され、ネロは思わず苦笑い。

「でも、イイ女だったろ？」

「知らないわよ」

興味なさ気にそっぽを向くサフィールの反応に、そりゃそうか、と続けた。

「それで、私との約束を破って他の女と遊び歩いていたことについて、何か釈明があれば聞くけれど？」

あっ、と今更気づいたようなネロの反応。忘れていたのはサフィの手伝いよりも、彼女を不機嫌にさせたらどんな恐ろしいことが起こるのかということだ。

「それはほら、アレだ」

「なによ？」

「フィオナといた方が面白そうだったし」

特に上手い言い訳も思いつかなかったので、とりあえず正直に告白してみた。

「そう、アンタの言い分はよく分かったわ――」

そうして微笑むサフィは、ゆっくりと眼鏡に手をかける。

不気味に輝く紫の瞳に宿った『力』を封じる役目を果たす、眼鏡を外した。

「『魔眼』解放」

「すみませんでしたぁーっ！」

次はもうちょっと上手く誤魔化そう、と後悔しながら、ネロはサフィへ謝罪の言葉を絶叫した。

第二章　学校生活

晴れて王立スパーダ神学校へ入学を果たした俺たちは、今日から冒険者コースの授業が始まる。

学問から魔法、武技、その他技術系と多岐に渡る授業内容だが、俺が必要とするものと、進行度によって出席できる授業は、自ずと限られてくる。

とりあえず、俺は初心者魔術士向けの現代魔法《モデル》に関する授業に出てみることにした。リリィとフィオナは、今更基礎的な現代魔法《モデル》の理論など学ぶ必要性皆無だが、なんとなくついてきている。

「異世界でも教室ってのはそう変わらないもんだな」

「エリシオンのはもっと綺麗でしたけど」

「リリィは初めてだからわかんなーい」

それぞれ感想を漏らしつつ、目当ての授業が行われる教室へ入った。内装の趣こそ異なるものの、机と椅子が並ぶ雰囲気は同じである。しっかりと黒板が完備されているのは、この異世界でも自然に発明されたのか、それともレッドウイング伯爵が伝えたのか。どちらにせよ、分かりやすくて良い。

広さは高校と比べればやや狭く思えるが、授業開始直前になっても座席に座る生徒の数が半分を少し超えるか、といった出席率を鑑みれば、冒険者コースはこれくらいの広さでも十分なのだろう。ちなみに、ここは宮殿のような外観の本校舎ではなく、大きいだけで質素な造りをした分校舎の一つである。

それで、ここにいる生徒はほとんどが冒険者で後衛やってますというようなローブ姿の者が多く、三人揃って制服を着用している俺たちの方が珍しいくらいだ。フードを被って顔の見えない者もいるが、ほとんどは俺と同じか少し上かといった若いメンツ。学問だけを学びに来るような熟練冒険者が初心者向けの授業に出るはずないから、ここにいるのは駆け出しの新人冒険者ばかりなのだろう。

そんな周囲の生徒達は遠巻きに俺たちへと好奇の視線をチラチラと送ってくる。だが、これは制服が珍しいというよりは、幼女で妖精なリリィと制服姿が抜群に似合ってる美少女なフィオナの二人の容姿が気になっているという感じか。

一方俺は「両手に華かこのやろう」という声が聞こえてくるほど恨みがましい視線が集中してくる、ような気がする。ただの被害妄想であることを祈ろう。

そんな気になる視線を浴びつつも、着席してから五分ほどで、授業開始のチャイムが鳴り響いた。灰色のローブを身に纏ったエルフの男性教師が入室すると、初回だからか簡単な授業内容の説明を始めた。

「はい、みなさんおはようございます。この授業は――」

さて、これまで全く使うことができなかった現代魔法《モデル》だが、イチから学ぶことで黒色魔力しかない俺でも使えるようになるかもしれないし、そうでなくとも、加護によって形質変化を得たので、基礎的な知識を学べれば術式の組み方に利用できるかもしれない。それに、今まで全て直感と経験則に基づいて創り上げた独自の黒魔法理論しか持ち得なかった。もしかしたら目から鱗の新発見などあるかもしれないのだ。

大いに期待して授業に臨んだのだが……

「そこで、まずは基本となる[illegible]と[illegible]についてですが、これは皆さんも知っての通り[illegible]で[illegible]することですね、例えば[illegible]は――」

ヤバい、何を言っているのか全然分からない。理論が難解だとか、専門用語がどうとか、そういう問題じゃない。教師の説明の要所が魔術士の詠唱のように、この異世界本来の発音で聞こえてくるのだ。

「どうしましたクロノさん？　分からないところがあれば私が教えますよ」

「リリィが教えるのー」

解読不能の説明で盛大にハテナマークを浮かべる俺に対して、二人の優しいフォローが入るのだが、これはもう教えてどうこうなるものじゃないだろう。

「いや、もう分かったから大丈夫だ」

そう、完璧に分かった。どうあっても俺には現代魔法《モデル》を習得することはできないのだと。

次の授業は、武技に挑戦することにした。これも初回ということで、最も基礎的な武技の一つである『一閃《スラッシュ》』の練習から入るらしい。

すでにして『絶怨鉈「首断」』がある俺には『黒凪』『二連黒凪』『赤凪』『闇凪』と四つも武技が使えるのだが、それはあくまで武器の効果によるものだ。俺自身は未だ一つも正規に武技を習得していないので、この機会に学んでおこうというわけだ。

ただ、この授業を全て終えたとしても、様々な武技が身につくわけではなく、実戦でも『一閃《スラッシュ》』が発動する程度らしいので、過剰な期待はできない。いや、ここは三ヶ月ほどの授業内容で武技一つを習得できるかも、というのだから、真っ当な鍛錬としては当たり前の成長速度と呼べるだろう。

ちなみにリリィとフィオナは武技を必要としないので、それぞれ別行動となっている。

リリィは召喚術《サモン》、フィオナは図書室で魔法関係の書物を漁っているらしい。

さて、そんなこんなでやって来たのは、神学校が誇る円形闘技場《コロシアム》――の隣にあるグラウンドである。

まるでドーム型球場のように巨大な外観の闘技場は、授業での使用を許されているのは幹部コースと騎士コースだけらしい。冒険者コースの俺には無縁な場所ということだ。

「おお、今度は如何にも剣士というヤツらだな」

高校と比べ倍以上はある広大なグラウンドの端に、それぞれ愛用の剣を携えた集団があった。俺と同じように制服を着ている者もちらほらいるが、ほとんどは革鎧やチェインシャツなどの軽鎧で身を固めている。こちらも初心者向けの授業なので、やはり少年少女ばかり。彼らの着る鎧もどこか新品のように見えた。

「おう、集ってんなヒヨっ子ども！　面倒臭ぇ説明は抜きで、さっさと授業に入るぞぉ」

と言って登場したのは、担当教諭であるオークの男性。鬼と形容しても差し支えないオーク特有の強面に、俺よりも一回りデカい巨躯を誇る、どこからどうみても教師より戦士という風貌だ。

まぁ、武技を教えるんだから、戦士クラスであることに間違いはないだろう。

「とりあえず、テメぇらがどんなもんなのか見てやる。一人ずつ全力で打ち込んでみろ」

オーク先生が持ってきたロングソードサイズの木剣《ぼっけん》を使って、まずは俺たちの実力を測ろうということらしい。

自分の順番を黙って待ちながら、「えいっ！」とか「とうっ！」と元気の良い掛け声をあげて木剣を振るう生徒達の姿を眺める。獣人やリザードマンやオークといった種族の者は、武技の発動には至らないとはいえ、やはり人間と比べるとずっとパワーに優れているように見えた。

単純に戦士としての資質を見るなら、やはり筋力の高い種族は優位にあると改めて実感できる。もっとも、腕力を覆す方法などいくらでもあるのがこの異世界の凄いところでもある。

「よし、次っ！」

そんなことをぼんやり考えていると、あっという間に俺の番まで回ってきた。

「ほう、お前は中々サマになってるじゃないか」

木剣をとりあえず鉈《なた》を使うときと同じイメージで構えたところ、褒められた。

「ありがとうございます」

剣を握って初めて褒められたことにちょっと嬉しくなった俺は、オーク先生の期待に応えるべく、全身全霊で打ち込むため集中を始める。

鉈がなくとも、武技を放つ感覚はなんとなく覚えている。あれの通りに魔力を巡らし、体を動かせば、武技の発動まで至らずとも、かなり鋭い太刀筋になるはずだ。

「よし、来い！」

合図と共に、全力で一歩を踏み込む。すでに俺の剣は振り上げられているが、オーク先生は構えたまま動かない。

まさか、このタイミングで動かなくても防ぐ自信があるとは、この先生は凄い剣の使い手に違いない。

「――黒瓜！」

使い慣れた武技の名前を叫ぶ。だが、叫ぶだけで発動しない――はずだったのだが、あれ、なんだ、黒化もしてないのにいつの間にか木剣が黒色魔力のオーラで包まれているぞ。

それに、剣を振るう感覚が、鉈を握っているのとほとんど変わらない、単純な腕力以上のパワーとスピードが発揮されている。

これ、もしかしなくても、武技、発動してないか？

そんな疑念を抱くが、振るった剣を止める術などない。俺は力の限り黒瓜を発揮させた、未だ反応しない、オーク先生に向けて。

バギッ！　と、俺の一撃が強《したた》かにオーク先生の巨体に叩き込まれると同時、威力に耐えられなかったのか木剣が半ばから粉砕した。

先生は一言も声を挙げることなく、どっと地面に倒れこんだ。

この時、俺は三つのことを同時に理解した。

一つ目、どうやら俺は鉈に頼らなくても武技が使えるらしいこと。二つ目、俺にこの授業は必要ではないということ。そして三つ目は、今日の授業はこれで中断だということ。

すみませんオーク先生、責任とって俺がちゃんと保健室に連れて行きます。

昼休みのチャイムが鳴る、その十分ほど前。リリィとフィオナの二人と昼食を一緒にとる約束を果たすべく、本校舎一階にある学生食堂を目指す。広い校舎だが、迷わず一発で学食に到着することに成功。どうやらまだ二人は来てないようだった。

フランスの宮殿ですかというような本校舎だけあって、食堂内部もそれに見合った豪奢《ごうしゃ》な造りをしている。天井は通常の家屋の二階分に相当するほど高く、そこから吊り下げられているのはシャンデリアともいうべき壮麗な照明器具。もう学食というより、貴族の晩餐会が開催されるホールだろう。

壁の一面には『七人の戦女神』というファンタジックなタイトルのデカい絵画とかも飾られたりしている。あれ一枚で幾らするんだろうかとか、無粋なことしか考えられない俺はどこまでも小市民的だ。

そんな豪華な学食だが、ほとんど人影は見えない。この本校舎を利用するのは、びっしり時間割が埋まっている幹部候補生と騎士候補生なので、今の時間はまだ授業中。ぽつぽつと席について食事をしているのは、きっと俺と同じ冒険者コースの生徒か、サボりの生徒だろう。昼休みは混雑するから始まる前に昼食をすませてしまおうという考えに違いない。

　俺たちも早い段階で学食を利用した方が良かったかもしれないな、と考えている内に、昼休みの始まりを告げるチャイムが鳴り響いた。教室からスタートダッシュでも決めたのか、黒いブレザーの制服に身を包んだ少年少女たちが、どっと食堂へ雪崩れ込んで来る。

「すごい人数だな……」

　途切れることなく現れる生徒達によって、広い食堂の座席はどんどん埋められていく。しまった、これは入り口で待ってるより、先に席を確保しといた方が良かったかな。

　自分の失策を後悔しながらも、今更方針転換もできないので、大人しく入り口付近で二人を待つことにした。そうしている内に、ここの食堂の販売方式は、どうやら食券システムらしいということが傍目で見ていて気がついた。

　流石に電気で動く自動券売機はなく、カウンターのようなところに食券の売り子さんが忙しなく金銭のやりとりをしている。この混雑振りをみると、おつりが出ないように小銭を用意しておいた方が良さそうだな。腕を組みながら、上手な食堂利用法を思案していると、

「あの、またなにかお困りですか？」

　ふいに、背後から声をかけられた。この声と台詞、前にどこかで聞いたことがあるような、とデジャビュを感じつつ振り返る。

「あっ、あの時の」

「まぁ、覚えていてくれたんですか」

黒髪碧眼のお姫様のようなどこか気品ある美貌に、人の体そのままに、背中からは白い翼が生えた天使のような姿は一度見れば決して忘れることなどできない特徴的な容姿である。以前ダキア村で、突然歩みを止めた愛馬のせいで立ち往生する羽目になった俺を助けてくれた、冒険者の女性だ。

「ここの学生だったのですね」

それはこちらの台詞でもある。あの時は互いにクエスト用の装備をしていたが、今は同じ神学校の制服を身につけている。ついでに、彼女には赤いマントがついているので、幹部候補生であるということまで分かった。

「神学校に通い始めたのは、今日からなんですけどね」

「新入生の方でしたか」

それなら見たことがないのも当然ですよね、と朗らかな微笑みを浮かべながら応える彼女は、そんな当たり障りのない台詞を口にしているだけで心が温まるような、癒されたような気分になる。これは、もしかしたら魅了《チャーム》が発動しているのかもしれないな。これだけ美人なら納得がいく。

まぁ、たとえそうでも少女リリィで慣れてるから、引っかかったりしないだろう。

「あら、そういえば、まだ名前も名乗っていませんでしたね、申し訳ありません。私、ネルと申します」

「俺はクロノです。あの時は本当に助かりました、ありがとうございます」

「いえ、お役に立てたようでなによりです」

心の底から嬉しそうに言うネルさん。背中の羽もパタパタと動いているのは、犬が尻尾を振っている的な意味合いなのだろうか。

「クロノさんは新入生ですから、この学食の利用法なんて、よく分からなかったりしますよね？」

「はい、そうですね」

わざわざこう言うってことは、食券システム以外にも、何か一見では分からない秘密があるというのだろうか。だとすれば、恥をかく前にあらかじめ作法を教えてもらうのが一番だ。

「教えてくれると助かります」

「はい、私が責任をもってお教えします！」

馬が動かない、と助けを求めた時と同じように、その青空のように澄んだ瞳をキラキラさせて応えてくれた。

「この学食はですね、直接料理を注文するのではなく、あちらのカウンターで食券というメニューが書かれたチケットを買うのです」

自信満々な表情で食券売り場を指し示す。その先には長蛇の列が崩壊し、生徒達が押し合いへし合いで食券を買い求める修羅場が広がっていた。

ああいうのを見ると、高校の購買で繰り広げられていた人気惣菜パンの争奪戦を思い出す。異世界でも餓えた学生は同じような行動をとるらしい。

「それで？」

「はい、購入した食券は、次のカウンターで提出して、番号の書かれた札と交換します。あとは席に座って待っていると、注文した料理が運ばれてきます」

「それで？」

「え？　あとは、えーと、いただきますと言ってご飯を食べます」

ふむ、どうやら普通の食券システムと同じで、何か特別な手順が必要なワケではなさそうだ。わざわざ説明されなくとも、一連の流れは傍目から観察していれば十分理解できる内容である、が……

「どうですか、お分かりいただけましたか？」

ご主人様に褒めてほしい飼い犬のような期待に満ちた眼差しを向けられると、説明するまでもなく知ってたよ、と無碍《むげ》に言うのは非常に戸惑われる。

「へ、へぇ、なるほど、食券を利用するところなんて初めてでしたよ。助かりました、ありがとうございます」

この異世界で食券システムを利用するのは初めてである。うん、嘘は言ってない。

「うふふー、いいんですよ、これくらいは先輩として当然のことですから！」

どこか誇らしげに胸を逸らして満足そうなネルさん。そのフィオナ以上の巨乳がブルンと揺れた。下着とブラウスと上着の三枚重ねになっているはずなのに、揺れるのだ。かなりの質量である。

「それでは、私が先輩として、食券を買うお手本を見せてあげます」

と、頼んでもいないのにさらなる申し出をした彼女は、押し合いへし合いから取っ組み合いに発展して壮絶を極める食券売り場へ向く。

「あ、いや、そこまでは……」

「大丈夫ですクロノさん、私にお任せです！」

キリリと細い眉を勇ましく吊り上げてヤル気満々な彼女を止める術は、今の俺にはなかった。

「じゃあ、お願いします」

「はい！」

とぉーっ！　と、どこか間の抜けた可愛らしい雄叫びを上げながら、ネルさんは餓えた狼の群れに突撃して行った。

「あ、あーあのー食券、くださいなーああーっ!?」

そして、十秒と持たず彼女はあっさりと戦いに敗れ去った。

カウンターへ向けて凄い勢いで突入していく女子制服姿のゴーレムに跳ね飛ばされたのだ。ミニスカートから覗く女子ゴーレムの四角いダンボールのようなケツはハンマーの如き勢いだ。

「きゃっ！」

まずい、これはそのまま転倒する勢いだ。そう判断した俺は、本気を出して数メートルの距離を一息に詰め、倒れこむ彼女の体を抱きとめる。

図らずとも、正面から抱き合うような格好になってしまったのは、不可抗力である。

「はわっ――あれ、クロノさん？」

踏み込みの速度を目で追えなかったのか、それとも端から視界に入っていなかったのか、唐突に俺の胸の中にダイブした状況に、ネルさんは目を白黒させて驚いた様子。

「大丈夫ですか？」

「あ、はい、ありがとうございます」

ほんわかした笑顔を至近距離で向けられて、少しばかり気恥かしい。俺も男だ、これほどの美人を相手に全くときめかないわけもない。

少々惜しくはあるが、出会ったばかりの女性といつまでも密着しているのはよろしくないと考え、肩にかけた手を押して体を離そうとした、次の瞬間、

「ちょっとアンタっ！　ネルになにしてんのよっ」

耳をつんざくような怒声と、これは、殺気――!?

「やぁあああああああああっ！」

勇ましい雄たけびをあげながら、俺の顔面にローファーの硬い靴底を向けて飛んでくるのは、小柄な女子生徒だった。燃えるように鮮やかな赤髪の長いツインテールと赤マントが飛んだ勢いでなびき、猫のように可愛らしい金色の瞳には、猛然と怒りの色が宿っている。

体勢からいって短いスカートが捲れ上がっているが、どうやらスパッツのような下穿きを身につけており、盛大なパンチラを晒すという恥かしい事態にはなっていない。

首の骨をへし折る必殺の気概でもって繰り出された、飛び蹴りを放つ幹部候補生の少女に俺は全く見覚

えがない。

つまり、このまま飛び蹴りを受けてやる理由も義理もないのだ。

台詞から察するに、恐らく俺がネルさんに対して狼藉を働いたと勘違いしていると思われるのだが、うーむ、あと三秒あればこの際どい体勢を解除できたというのに、なんと間の悪い。

とりあえず、今は真っ直ぐ突っ込んでくるロケットガールを止めなければならない。彼女の体はすでに宙を舞っており、俺の顔面へ着弾するまでの猶予は一秒以下。

これがクエスト中であれば問答無用でカウンターの拳か刃か弾丸を食らわせてやっていたところだが、ここは学校内だし、相手に殺意が感じられるとはいえ、ただ誤解が生じているだけの、話せば分かり合える状況だ。

できれば無傷で、かつ痛くない方法で彼女を止めたい。大人しく黒盾《シールド》で防御か、と思うが、こうも見事なキックを繰り出す少女だ。一撃目を防いだところで、追撃がくるに違いない。

ならば、拘束した方が手間も省けるというものか。

「影触手《アンカーハンド》」

対応策を決定した俺は、時間も押しているので即座に行動開始。今は見習いローブを着てないが、リリィがプレゼントしてくれた呪いのグローブである『黒髪呪縛「棺」』はしっかり装着している。

これがなければ刹那の間に触手を形成することも、精密に操作することもできなかっただろう。意外なところで役に立ってくれたなと思っていると、頭の奥のほうで「ご主人様～」とちょっと嬉しそうな声が響いてきた。

「きゃあっ！　な、なにコレっ⁉」

そんなわけで、着弾直前の少女型ミサイルを寸でのところで捕縛することに成功したのである。

俺がかざした右手からは幾本もの黒い触手が伸びており、少女を逆さの宙吊りにして捕らえている。

少々、可哀想な格好ではあるものの、ここまでしなければ、大暴れで止めきれない予感がしたのだ。

「い、イヤぁ！　気持ち悪いっ！　は、離しなさいよ変態モルジュラ男！」

「待ってくれ、先に攻撃を仕掛けたのはそっちだろう。それに君は誤解をしている」

「離して、早く離してよっ！　ネルだけじゃなくて私まで辱めようっての！　私にこんなことしてどうなるか分かってんでしょうね‼」

ダメだこの娘、完全に頭に血が上って俺の話を聞くどころじゃない。さらにまずいことに、彼女がヒステリックに喚きたてるせいで、学食にいる生徒の全員が俺の方へ注目し始めている。

だからといって、このまま拘束を解いたところで彼女が殴りかかってくるか蹴りかかってくるか、どちらかの行動をとるだろうことは確定的に明らか。勿論、俺が一時的に冤罪を受け入れて彼女にボコられるのも願い下げだ。

「悪いけど、少し黙っててくれないか」

人差し指をクイと動かすと、俺の意思に連動して少女に絡みつく触手の一本が素早く蠢き、いわれ無き誹謗中傷を叫ぶ口を塞ぐ。

「ん、んんっ、んむぅーっ⁉」

声は止まったが、半分涙目、顔を真っ赤にしてじたばたともがく。ああ、これはまずい、これじゃあ傍から見たら完璧に俺が悪役みたいじゃないか。早々に事態を治めなければ。

そして、それができるのは俺ではなく、事の発端となった彼女しかいるまい。

「ネルさん、あの娘は友達ですか？」

「え、あ、はい⁉」

成り行きを呆然と見ていたネルさんは、俺の呼びかけでようやく事態を把握してくれたようだ。

「彼女は何か誤解をしてるようなので、言って聞かせてくれませんか」

「あ、そ、そうですね！」

と、それで天使のようなネルさんに説得されて赤髪ツインテ少女の誤解は解け、事態は解決——とはいかなかった。

「やれやれ、また面倒事起こしやがって」

その気だるげな台詞が俺の耳に届くと同時に、グローブのお陰でそれなりに強靭なはずの触手が全て切断された感覚が伝わる。

見れば、斬り飛ばされた先から黒色魔力を霧散させてゆく触手の残骸と、それを行ったであろう一人の人物が目の前に立っていた。

「けど、まぁネルとシャルに手を出されたんじゃ、黙ってるワケにはいかねぇか」

ソイツは一度だけ見たことあるだけだが、はっきりと覚えがある。黒髪赤眼の端正な顔立ち。スラリとした長身に幹部候補生の証である赤いマントを羽織った姿。

名前は確か、ネロ・ユリウス・エルロード。

隣国アヴァロンの第一王子だ。家系図を信じるならば、あのミアちゃんの子孫ということになっている。その王子様は表情こそ涼しいものだが、俺に向けられる殺気はシャルとか呼んだ少女とは比べ物にならない。

腰に佩《は》いた剣の柄に手をあてており、一目で日本刀のような形状であることが窺い知れる。なるほど、抜刀術かなんかで一気に触手を切断したのか。俺がネルさんの方を向いている僅かな間に抜き放ったというのなら、それなりに腕前がありそうだ。

「待ってください、お兄様!?」

一触即発の空気を感じ取ったのか、ネルさんが俺とネロの間に割って入った。

というか、今、お兄様って言ったよな……

俺の聞き間違いでなく、その言葉通りの意味なのだとしたら、この人のフルネームはネル・ユリウス・エルロードってことになるのか？　まさか、ネルさんはマジもののお姫さま？

「ネル、その気持ち悪ぃ触手ヤロウから離れろ。斬るのに邪魔だろ」

「だ、ダメです、そんな――」

「安心しろ、半殺しくらいに抑えておいてやるから」

「そういう問題じゃありません！」

うわ、この王子様もそうとうキレてるぞ。もう少し冷静になって欲しいものだ。

いや、俺もリリィがいきなり凶悪な人相の男によって触手で拘束されていれば、これくらい殺気を迸らせてしまうかもしれない。あまり人のことは言えないか。

「私がもう半分殺して、完璧に殺すわ」

「シャルも、少し落ち着いてくださーい！」

触手から解放されたお陰で、お友達の暴走少女も自由の身となってしまった。なんだか収集のつき難い状況となってきたが、両手と翼を広げてネルさんが俺を庇うように前に立ってくれているおかげで、シャルと呼ばれた少女が蹴りかかってくることもないし、兄貴が斬りかかってくることもないだろう。

ここは一応、弁解の一つでもしておいたほうが良いか。

「落ち着いて、剣を引いてくれませんか？　俺はネルさんが転びそうだったのを助けただけですし、その娘は、えーと、急に飛んできたので」

「お前な、コイツらが誰か分かっててやってんのか？　軽々しく触れていい相手じゃねぇぞ」

そんなこと言われても、ネルさんが王族かもしれないのは今さっき気づいたことだし、この飛び蹴りくれた娘に至っては全く分からない。

まぁ、二人とも幹部候補生ってだけで、やんごとなき家柄の娘さんってのは察しがつくが、だからといって俺の行動は全部不可抗力だろう。

いや、それが許されないのが身分制社会ってヤツなのか……

「すみません、二人が何者か知らなかったので」

「知らなかったで済まされる問題じゃあ――」

「やめてくださいお兄様！　クロノさんは善意で私を助けてくれたのですよ。それに、シャルだってただの勘違いです。全てドジを引き起こした私が悪いのであって、クロノさんは悪くありません！」

有無を言わさず毅然と俺の無罪を訴えてくれるネルさんは、マジで天使だよ。妹の決死の説得に、兄貴として応じるしかなかったのか、ネロは大きく溜息をつくと同時に殺気が消える。

「失せろ、ネルに免じて見逃してやる」

だが、不満ではあるようだ。正直、ここまで一方的に悪者にされては心中穏やかではいられないが、相手は王族、変に逆らわないほうが身のためだ。

そういえば、シモンも幹部候補生には気をつけろと言っていたが、なるほど、こういうことだったのか。一つ勉強になった。ウィルが好意的な接し方をしてくれているお陰で、どこか甘く見ていたところもあったのだろう。うん、やはり偉いヤツに対しては注意しないとダメだな。

「すみませんネルさん、変に迷惑をかけてしまったようですね。俺はこれで行きます」

「いえ、そんな……こちらこそごめんなさい、クロノさん」

シュンとうな垂れるネルさんに、気にしないでというニュアンスの言葉を告げた後、俺はさっさと食堂を後にすることにした。

見逃してくれると言ったネロの言葉どおりにこちらがこの場を去るのは少々癪ではあるが、ここはどうしても俺が引かねばならないだろう、一刻も早く。

なぜなら、入り口の方に少女状態で妖精結界全開《オラクルフィールド》なリリィと、なんか聞き覚えのある魔法の詠唱を口ずさんでいるフィオナの二人が立っているのだから。

「はぁ、情けないところを見られてしまったな」

そうして、俺は食堂にいる生徒達から好奇の視線を背中へ一心に受けながら、その場を後にした。

とりあえず、リリィとフィオナには食堂で昼食がとれなくなったことを謝って、それから、怒りの矛を治めてくれるよう説得を……

「ややっ、そこにいるは『黒き悪夢の狂戦士《ナイトメア・バーサーカー》』クロノと、その運命に導かれし仲間《パーティメンバー》たるリリィ君とソレイユ君ではないか！　何と奇遇な、否、この出会いもまた、遥かなる神代より定められし宿命の――」

「よう、ウィル」

「あ、変な方の王子様だ」

「こんにちは、ウィルハルト王子」

昨日、食堂で色々あって昼食がとれずじまいだったので、本日の放課後に学食の味を確かめに訪れた俺達エレメントマスター三人組なのだが、偶然というべきか、ウィルと出会った。

各コース最後の時間の授業が終わった後ということもあってか、昼休みにはあれほどの賑わいを見せる食堂も、どこか閑散として見える。学生達はクラブ活動やクエストの準備など、授業以外にも色々と忙しいという。

なので、こんな時間に一人寂しく、否、メイドを脇に控えさせてお茶を嗜む優雅なティータイムを過ごしているウィルハルト王子様は、どうやら本日の放課後の予定は皆無であるらしい。こちらとしては話しかけるには好都合だし、ついでに、他の王族生徒でもあるネロ・ユリウス・エルロードの姿も見えないので尚更に良い。

昨日騒ぎを起こしたばかりの俺が、どの面下げてあの怒れる王子様と相対できるというのだろうか。もしも彼が食堂に登場すれば、俺はアサシン並みに気配を消して速攻退散する所存だ。

さて、そんなワケで友人と過ごす楽しい放課後の一時を満喫しようと、要するに、話のネタの一つとして、俺は前々から聞こうと思っていた話題を振ることにした。

それは、古の魔王ミア・エルロードの伝説についてだ。

「なんとっ！　この我に禍々《まがまが》しくも神々しい、血塗られた闇の歴史を語れと――」

「ああ、ウィルはかなり博識みたいだから、詳しいんじゃないかと思って」

「ふぁーはっはっは！　この我の全知たる灰色の頭脳を頼ろうとは、見事な英断であるぞクロノよ！　よかろう、他ならぬ汝の頼みだ。栄光に彩られし輝かしい伝説も、大いなる深淵に沈む影の歴史も、このウィルハルト・トリスタン・スパーダが、とくと語って聞かせてくれよう！」

お世辞に乗せられたみたいな感じのウィルだが、冗談抜きでその知識量が豊富であることを俺はすでに知っている。シモンもウィルの博識ぶりに驚いていたくらいだ。

錬金術師のシモンは理系の天才、王子様のウィルハルトは文系の秀才、といったイメージ。そう思えば、ウィルの右目にかけられる片眼鏡《モノクル》も理知的な輝きを宿しているように見えてくる。

そんな俺の評価など知らないリリィとフィオナは、すでにウィルの語り口についていけてない感じ。

ウィルとの初遭遇でもあった入学初日においても、同じように困惑と冷淡さが入り混じった微妙な視線を送っていたので、どうやら彼に対するイメージは未だに『変な王子様』から覆ってはいないようである。

ついでに言えば、ウィルの背後に気配を消して佇むメイドのセリアも、上機嫌に語る主にどこか冷たい視線を送っている。

まぁ、彼女も彼女で、色々と大変なのだろう、と気にしないことにする。

「とりあえず、俺はまだ異世界《こっち》に来たばかりだから、基本的なことから教えてくれると助かる」

「うむ、確かにそうであるな。となれば、まずは大まかな歴史の区分から話すこととしよう。それは黒き神々が紡ぐ全なる運命の始まり、原初の光景、世界は光に満ちていた――」

え、天地開闢から話を始めるのかよ。壮大にして想像もつかないプロローグから始まったワケだが、その辺は流石にウィルということか、要所はしっかり押さえてある。

それを踏まえてこの異世界、いや、このパンドラ大陸において伝わっている歴史の区分は理解できた。

それは『神代』『古代』『暗黒時代』そして今に繋がる『現代』の四つである。

まずは、世界の始まりにあたる『神代』。これは人ではなく、神々がこの世界を創造し、そして実際に暮らしていた時代であるらしい。正しく神話と呼ぶべき内容そのままである。

勿論、この時代に関することはほとんど明らかになっていない。神代の存在は、次なる古代の時代に残されている歴史的資料から推察できるというもののようだ。本当に神様というべき超常の存在が、この世界に住んでいたのかは怪しいものである。当時の支配者を神格化した、というのが妥当だろう。

次に『古代』。これが魔王ミア・エルロードをはじめ、今を生きる俺達に加護を与えてくれるパンドラの『黒き神々』が実際にこの世界で生きていた時代だ。この時代こそが、正確なパンドラの歴史の中で最も長い期間にあたるらしい。

いうなれば、神の時代が終わり、人の世が始まった。つまり日本史でいうところの縄文時代から始まり、幾多の戦乱や文化の隆盛、技術発展を経て、今のパンドラや現代日本を越えるほどの魔法文明を確立した時期まで含まれるのだ。

ちなみに、ミアちゃんはこの魔法文明が発展した古代後期の生まれである。そしてパンドラ大陸を統一したエルロード帝国が誕生し、その後、実際にどれくらい続いたのかは不明だが、帝国が崩壊したことで『古代』は完全な終焉を迎える。

次の『暗黒時代』は、名前の通り、その時なにがあったのか一切不明の空白の時代である。唯一判明していることは、進んだ魔法文明がこの時代を経ることで完全に失われてしまったということだ。

この暗黒時代も、またどれほどの間続いたのかは不明だが、それでも人が生きていた以上、国は生まれ、文明は発展していくのだろう。

そして今に繋がる『現代』と時代が移り変わる。この現代時代、と言うと違和感あるが、ともかく、この時代の始まりは、暗黒時代を脱し、文明の痕跡を残せるほどに発展し始めた国々の誕生である。

そうした国々は、今に至る千年ほどの間に、またかつてと同じような戦乱と荒廃と復興を繰り返してゆき、多くの国家は消滅したが、中には、今も残る国もあったりする。

その一つがスパーダであり、また、隣国のアヴァロンでもあるのだ。この現代史の中でも、僅かながら『黒き神々』の仲間入りを果たした伝説的人物も存在する。例えば、スパーダ建国の祖となった、初代国王だとか。

「——おっと、あまり我が栄光のスパーダ史ばかり語るワケにはいかぬな。話を魔王伝説へと戻そうか」

そしていよいよ、魔王ミア・エルロードについての話である。

「古代は高度な魔法文明が発達していたというのは、今も残る遺跡系ダンジョンを一目見れば理解できるが、不思議なことに、今と変わらぬ部分も多くあったようだ」

「というと？」

「例えば、うむ、そうさな、クロノよ、幼き頃のミア・エルロードはとある職業に就いていたのだが、それが何か分かるかな？」

思わぬところで質問返し。しかし、幼いミアちゃんが、って今も十分に幼い気もするが……はて、なんだろうか？

「黒魔法使い？」

「確かに、黒魔法は幼少より扱えたようだが、冒険者のようにそれを職業としてはいない」

黒魔法は使えたのかよ、ミアちゃん、恐ろしい子！　いや、後の魔王だから、それくらいできて当然と言えば当然なのかも。

「黒魔法使いじゃないなら、もう予想がつかないな、何だったんだ？」

「羊飼いだ」

それを聞いた瞬間、モコモコの毛皮を纏ったミアちゃんがメェーメェー鳴きながら牧場をゴロゴロしているイメージが脳裏に浮かび上がる。いや、違うだろ、ミアちゃんが羊なんじゃなくて、羊を飼っているのがミアちゃんなのだ。

「えーと、なんか随分と牧歌的な仕事をしていたんだな」

「うむ、だがしかし、アスベル山脈にあったという小さな牧場から、魔王ミア・エルロードの伝説は始まるのだ」

どちらかというと、小さな田舎の故郷からスタートするＲＰＧの勇者みたいな成り上がり方だな。しかしながら、農民から天下人になった豊臣秀吉の実例がある以上、どんな身分からスタートしても、絶対に不可能ではないということでもある。

「勘違いしがちなのだが、エルロード帝国はミア・エルロードが、まだただの羊飼いのミアであった頃から存在した国なのだ」

「え、じゃあミアちゃ――ミア本人が建国したワケじゃあないのか？」

危ない、最近あまりにもちゃん付けが俺の中で定着していたので、口にも出るところだった。その内、本人にも言いそうである。気をつけなければ。

「うむ、羊飼いのミアは、本来であればそのまま一人の村人として生涯を終えたのだろうが、当時のエルロード帝国では皇位継承を巡る争いが激化していたのだ」

「それが一介の羊飼いにどういう関係が？」

「エルロード皇帝の隠し子だった、らしい」

うわぁ、それで歴史の表舞台に引きずり出されたってワケか。

「果たして、どういう思惑や経緯があったのか、流石にエルロード皇帝となる前の話である故、詳しい文献は残っていないので不明だ。だが、担ぎ出されたミアは帝国学園、そうさな、この王立スパーダ神学校の幹部コースと同じようなものだ。そういう学校へ通うこととなったのは間違いない。しかし、時はパンドラ最大の戦国時代――」

あ、その戦国時代設定は、流石の俺でも聞いたことがある。こういう戦争が起こってもおかしくない時代背景だったからこそ、魔王が誕生する余地もあったということだろう。

「この学園通いによってミアは頭角を現し、また、後にエルロード帝国軍の主力を担う伝説の騎士達と出会うのだ。正に運命であるな！」

おお、何かミアちゃんも学生の頃は頑張ってたんだな。しかし、学生のミアちゃんのイメージが学ランとセーラーの両方とも思い浮かんできて、頭の中が大混乱だ。だから、どっちが本当の性別なんだよ。

「そうそう、かの有名な魔王ミアに仕える最初にして最強の騎士、『暗黒騎士フリーシア』とはこの学生時代にて邂逅を果たしているそうな。他にも『蒼雷騎士アルテナ』、『冥剣聖ヨミ』、とパンドラの黒き神々として君臨する、名だたるメンバーと出会いを果たすのだ」

アルテナ、って『戦女神の円環盾《アルテナ・ガードリング》』のやつか。思わぬところで聞いた、というより、どこかで耳にすることが多いほどポピュラーな神様ってことかな。

ヨミの名は聞いたことないが、名前からいって剣士に加護を授けるんだろう。微妙に和風な名前なので、もしかしたら刀限定なのかもしれない。実は異邦人だとか？

「そして、三人とも魔王の妃になるのだから、何とも濃い学生時代であるな」

「結婚すんのかよ⁉」

「うむ、他の四人は本格的に戦争が始まってから出会ったようだ」

「他の四人って、全部で七人もいるのか」

「魔王の妃、七人の戦女神の話は有名であるぞ。そこの壁にも、彼女達を題材にした絵がかかっているだろう」

ウィルがビシっという効果音が聞こえるほどの見事な指差しをする先には、確かに『七人の戦女神』というタイトルの巨大な絵画が飾られている。

昨日見た時はただの美術品にしか思えなかったが、そこに描かれている美女達がミアちゃんの嫁だと思うと、また違った複雑な思いが湧き上がってくる。

果たしてミアちゃんは彼女達と結婚式を上げる際には、白いタキシードだったのか、それとも純白のウェディングドレスだったのか……いや、待てよ、相手が女性ならば、答えは当然決まってくるよな。

「妃、ということは、ミアは男だった……んだよな？」

「ふむ、魔王の性別に疑問を抱くとは、妙にマイナーな説だけは聞き覚えがあるようだな」

はて、マイナーな説、とはなんのことだろうか。

「文献によって、魔王ミア・エルロードは大きく異なる姿で記されていることがあるのだ。絶世の美青年であったとか、屈強な大男であったとか、あるいは、幼い子供のようだったとか、可愛らしい少女の姿をしていた、というのもある」

「へ、へぇ、そうなのか……」

ダメだ、これは益々ミアちゃんの性別不明ぶりに拍車がかかってしまった。

「直系の子孫たる現代のアヴァロン王族なれば、魔王の真なる姿を知っているやもしれん。もっとも、それはこの我をもってしても未だ解き明かせぬ秘密であるようだが、な」

とりあえず、ネロ王子には絶対聞けるような雰囲気じゃないので、もしネルさんと話す機会が今後廻ってくれれば、聞いてみよう。今度こそ謎が明らかになることを願って。

「む、時にクロノよ、アヴァロン王族と言えば、先日、この食堂にて騒ぎがあったようなのだが――」

「あ」、と言って固まるのは俺。

「クロノ？」

「クロノさん？」

つい今しがたまで、ウィルの話よりもメイドのセリアが淹れてくれるお茶の味に夢中になっていたリリィとフィオナであるが、昨日の一件に関する話が出た瞬間、瞳の奥に静かな怒りを湛えた恐ろしげな二つの視線が俺へと向けられた。これは完全に、クエスト中の戦闘において、リーダーである俺に『攻撃の指示』を窺うアイコンタクトである。

ティーカップ片手に優雅なたたずまいのフィオナがそんな目を向けてくるのも恐ろしいが、セリアに撫でられてはしゃいでいたリリィが、そのままの体勢で冷たい視線を送ってくるのも恐ろしい。

「いや、大丈夫、大丈夫だから。昨日のことは気にしてないからな」

「むぅー」

「そうですか」

とりあえず、渋々ながらも怒りの矛先をすぐに収めてくれて助かる。

「……な、なんだ、そんなに聞いてはまずいことだったか？」

不穏な気配を感じ取ったのか、ウィルがちょっと引いた様子で問いかけた。

「いや、ウィルには聞いて欲しい」

俺の証言を信用してくれそうな、数少ない人物である。

「うむ、そうか、では心して聞こう！」

そんな事情説明の結果、ウィルはこう言った。「妹が迷惑をかけて済まない」と。

◇◇◇

紅炎の月28日。今日も今日とて学生で賑わう昼休みの学食にて、とある生徒が談笑していた。

「よう、久しぶりだな！　クエスト行って二週間くらいか？　結構かかったなぁ」

それは二人の男子生徒、恐らく騎士候補生で、友人同士なのだろう。この王立スパーダ神学校において、クエスト云々という話は冒険者ギルドで交わされるのと同じくらいの頻度で話題に上る。授業の一環として、実際の冒険者と同じ仕事をする騎士コースの生徒ならば、尚更である。

「ああ、こっちの方は変わりねぇよ——あーいや待て、今はそこそこ面白いネタがあるぜ？」

二人は運よく確保できた席に腰掛けて、昼休みの学生らしく噂話に花を咲かせる。

「ここ一週間くらいかなぁ、妖精の新入生がいるらしいぜ——いや、普通の妖精じゃなくて、デカいんだって、しかも幼女」

幼女でデカい、とは矛盾しているが、

「え、マジで？　お前見たことあんの？　うわーそれツイてるわー俺も見たかったわー」

どうやらクエスト帰りの友人は、すでに学内で件《くだん》の妖精新入生を見かけたようであった。

「どうだった、スゲー可愛いらしいんだけど——え、光ってた？　バカ、それは妖精だから当たり前だろうが」

要領の得ない友人の感想に、適当な突っ込みの応酬。

「まぁ、それでよ、その妖精ってただ可愛いだけじゃなくてよ、頭を撫でさせてもらえると幸せになれるらしいぜ——いやマジだって、頭撫でた後で告白したら成功した女子がいるって話だし」

それならみんな撫でるだろう、と当たり前の疑問を口にする友人に、彼は答える。

「そこは流石に妖精っつーか、清い心じゃないと撫でさせてもらえないらしい。うおー妖精撫で撫でさせろーみたいな下心全開だと、至近距離で閃光《フラッシュ》くらって目がヤバいらしい——いやこれもマジなんだって、保健室送りにされたヤツが二桁はいるんだって。っつーか、お前が見た時光ってたのって、フラッシュされてたからじゃね？」

そういえば、と頷く友人。これで妖精の噂は真実だと彼は信じられただろう。

「いくら可愛くても、幼女に手を出すのはヤバいよな。だから今度は、普通に可愛い女子の話だ」

ほう、と食いつく友人。年頃の男子は、いつだって可愛い女の子に興味津々なのだ。

「こっちも新入生らしいんだけど——ああ、そうだな、この時期で新入生だから冒険者コース。でな、その娘はいつも大図書館の一番奥の閲覧席に座ってんだ。すげー量の魔道書に囲まれて——違ぇって、魔法オタじゃねぇって、こっちの娘はマジでヤバいから、俺も実際に見たし」

どうだった、と当たり前の質問に、彼は打てば響くように回答した。

「青髪金目の不思議ちゃんっぽかった」

それが的確な表現なのかどうなのか、友人には判別のしようがない。

「いやスマン、なんつーか、こう神秘的？　みたいな感じで——ああ、顔は勿論、超可愛かったぜ。ウチでも余裕でトップ5に入るなアレは。ついでに、制服の上からでも俺には分かったね、アレは隠れ巨乳だ」

ほほう、とさらに食いつく友人。年頃の男子は、いつだっておっぱいに興味津々なのだ。

「でもよぉ、本当にヤバいのは、やっぱあの近づき難い雰囲気だよな——うん、そりゃあ当然、空気読まずに話しかけたヤロウはそこそこいたみたいだぜ？　けど、全員完全にシカトされたらしい。そんで結局、名前も分からないんだよ、その娘。だから『大図書館の青薔薇』なんて呼ばれてるぜ」

大げさだな、と茶化す友人だが、彼はそんな異名がつくのも当然だと真面目に受け止めているようだ。

「ま、今度一回見にいってみろよ、マジで。眼福眼福ってな、あーあ、あんな娘がパーティメンバーだったら次のクエストで死んでもいいくらいだぜ」

彼も友人も、基本的な学則に基づいて、男子生徒のみでパーティを組んでいる。そうそう可愛い女子と一緒になれる機会にはありつけない。

「あ、そういえばよ、一週間前に学食《ここ》でヤバい事件あったんだけど、もう聞いたか？」

首を横に振る友人の反応を見て、お喋り好きらしい彼は快く事情説明を始める。

「ある新入生の男子生徒が、ネル姫様とシャルロット姫様を襲ったらしい」

マジで？　と普通に驚く友人。

「しかも触手攻めだったらしい」

マジでっ!?　とさらに驚く友人。

「何かこう、黒い触手でウネウネと、モルジュラみたいな激しい攻めだったらしいぜ――いや、途中でネロ王子が助けに入って、事なきを得たらしいけど」

それって普通に処刑モノじゃね？　と当たり前のことを言う友人だが、

「いや、その男は何故かまだ普通に通ってるらしい。黒髪に黒と赤の色違いの目をした、凶悪な顔の男がいたら、ソイツが犯人だ」

容姿についてだけはハッキリと断定しているので、どうやら事件そのものがガセというワケではなさそうだと友人は思った。

「これは捕まるっていうか、近い内に犯人の男が秘密裏に消される可能性もあるぜ。アレだよ、スパーダ王家に仕える秘密のアサシンメイド部隊が、ついに動いたとかいう情報がな――」

そうして、そのまま嘘か真か定かではない面白おかしい学生の噂話は続いていく。

しかし、友人と談笑して過ごす楽しいお昼の一幕を過ごす彼らのすぐ後ろの席には、

「あ、あわわ、どうしましょう、クロノさんにとんでもない噂が……」

学食事件の中心人物である、ネル・ユリウス・エルロードが、自然に入ってくる男子生徒の噂話を耳にして、戦々恐々としているのだった。

◇◇◇

紅炎の月28日。神学校に通い始めて早くも一週間が過ぎようとしている。

「ねぇ、あの人じゃない、食堂でネル姫様に襲い掛かった男って」

「やだぁ、顔コワーい」

ポーションの作り方や薬草に関して学ぶ薬学の授業を終えて廊下に出ると、すれ違った女の子がヒソヒソと話していた。改造強化のお陰で耳も良いので、内緒話も丸聞こえである。いや、そもそも隠すつもりもないのか。

「きゃっ！　こっち睨んでる！」

「イヤー触手はイヤー」

キャーキャーと悲鳴を挙げながら逃げ出す女子生徒二人組みを見送りながら、溜息が一つ漏れる。

「はぁ、参ったな……」

学食での一件以来、俺の顔は悪い意味で一躍有名になってしまったようだ。

あのネルさんはやはりアヴァロンの王族であることと、俺に飛び蹴りかまそうとした赤髪ツインテの娘はシャルロット・トリスタン・スパーダという、ウィルの実の妹であるスパーダの第三王女であることが、翌日ウィルに聞いて明らかになった。それに、彼らは最近スパーダで噂のランク5冒険者パーティ『ウイングロード』であるということも、その有名ぶりに拍車をかけている。

王族というステイタスに、抜群のルックス。そしてなにより、学生の身分でありながらランク5までのし上がる実力。彼らはいわば、学校のアイドルとも言うべき存在なのだ。

そんな人物と、些細な誤解が発端とはいえ揉め事を起こしてしまったせいで、俺の評判は先に逃げていった女生徒が話していた通り、最低最悪なものとなってしまっている。昼時の食堂という大勢の目撃者がいることも、噂の広がりに一役買ってしまった。

そんなワケで今の俺は、乙女を闇の触手で辱める性犯罪者の如き言われようとなっているのだ。人の噂は七十五日とはいうが……いや、ホント、参ったとしか言い様がない。みんな噂だろうと思っていても、俺の顔をみると揃って納得したような反応が見受けられる。なんだよ、そんなに俺の人相が悪いかよ……いや、悪いんだよな……ちくしょう。

お陰で、一週間も経とうというのに未だ友人どころか知り合いの一人もできない有様である。でも、シモンとウィルは俺の身の潔白を信じてくれているので、良しとしよう。

シモンは「だからああいう偉いヤツらは嫌いなんだ！」と憤慨していたし、ウィルも「妹が迷惑をかけてしまったようだ、済まない」と陳謝してくれた。どうやらシャルロット姫様はあの一件の通り、少しばかりヒステリックな性格のようだ。

それと、リリィとフィオナに悪い噂は付き纏っていないのも良かったところか。俺と違って、リリィなんかは幹部、騎士、文官、魔法工学、冒険者、コースに関わらずどの生徒からもよく挨拶されるし、頭撫でられてるし、お菓子とか貰ってるし、すでにちょっとした人気者である。

きっと今の時間もどこかで生徒達にあの愛らしい笑顔を振りまいて癒しを提供しているに違いない。

そんなことを思いながら歩き続け、つい先日から正式に俺たち『エレメントマスター』のホームとなった、旧寮ことシモンの研究所へと到着する。

なんとリリィがここの理事長と古い知り合いらしく、融通してもらったのだとか。

管理する寮母などはいないので、他の正式な寮と比べるとサポートは全くないのだが、部屋代がかからないのはありがたい。多少ボロいのも、住めば都といったものでそれほど気になるものでもない。あんまりヤバいところは、黒化で補修しておこう。

歩くたびにギシギシと不気味な音が鳴る廊下を歩き、扉を開くと、まだ少し新鮮味を感じる自室が広がっている。元々二人部屋だったお陰で、広さだけはそれなりにあるのはありがたい。もっとも、リリィと一緒に寝泊りしているわけだから、正しく二人部屋として利用していると言えるか。

備え付けのクローゼットに二段ベッド、物置に放り込んであった旧型の机と椅子、目に付く家具はこれくらいだろう。二段ベッドは上にリリィ、下は俺とそれぞれ使っているのだが、朝になると何故かリリィが俺の布団で眠っているという不思議な現象が起こる。

そんな可愛らしい確信犯と同居している自室なワケだが、単純な生活スペースというだけでなく、今は割りと真面目に俺の勉強部屋としても機能している。

「とりあえず『永続《エタニティ》』は早く習得しないとな」

木製の椅子に腰掛けると、目の前にくる机の上には出来損ないの魔法陣が描かれた紙と、うず高く積まれた本の山がある。思えば、リリィと森の魔術士の小屋で生活していた時以来、ようやく腰を落ち着けて黒魔法の研究に打ち込めるようになったのだ。

現代魔法《モデル》の習得が不可能であることは最初の授業で思い知らされたが、だからといって俺の魔法研究の道が完全に閉ざされたわけではない。やれることはいくらでもある。

そもそも、モッさんから闇属性の魔法の手ほどきを受けたお陰で、『影空間《シャドウゲート》』や『影触手《アンカーハンド》』が完成したのだ。習得までいかずとも、少しでも術式に対する理解を深め、魔法イメージの一助となれば、何らかの効果が期待できる。

俺の黒魔法は、まだまだ改良の余地があるはずだ。実験体《ハンドレットナンバー》は詠唱に武技と、俺よりも明らかに一歩進んだ技術を身につけていた。アイツらにできて、俺にできない道理はない。

さしあたって、今の俺が修行中なのは、ギルドを黒化させたり銃の弾丸を造ったりするのに欠かせない『永続《エタニティ》』の習得、既存の黒魔法のさらなる強化、他の系統魔法の術式を応用した新魔法の開発、炎の加護の扱い方、などである。

ちなみに武技に関しては、『黒凪』のみどんな武器でも発動できることが判明した。恐らく、戦いで使い続ける内に体が自然に習得したということなのだろう。ならば、武器に宿る武技を、実戦を通して習得していく方が良い。少なくとも真っ当に武技を習うよりは短い時間で習得可能である。

まぁ、『赤凪』と『闇凪』は使い手自身の実力の他にも、鉈そのものが持つ武器としての能力も関わって発動できる類の武技なので、いわゆる専用技になるのだが。

魔法にしろ武技にしろ、これからやるべきことは山積みだ。焦っても仕方がない。自分にできることを一つずつ片付けて、着実に力をつけていこう……とは思うものの、何時になったら使徒に追いつけるのか、ジワジワと焦りも感じてしまうのだった。

「クロノさん、いますか？」

雑念交じりに魔法陣を描く練習をしていると、ノックと共にフィオナの声が聞こえた。

「いるぞ、入ってくれ」

失礼します、と断りながら入室してきた彼女の手には、チェロスみたいな細長いお菓子が。

最近のフィオナは見かける度に、違う食べ物を持っている。どうやら魔法の研究だけでなく、食の探求にも熱心なようだ。

「新しい本を見繕ってきましたよ」

「そうか、助かる」

ここで俺が参考資料にしている本は、全てフィオナが探して持ってきてくれたものだ。すでに彼女は俺が詠唱など、魔法に関する言語が解読できないことを知っている。

なので、直接的に呪文を載せている魔道書ではなく、術式の解説やら魔法の歴史やらがメインの、俺が読むことのできる、かつ役立ちそうな本をチョイスしてくれている。自分もなにやら探しものがあるらしいのに、わざわざ俺のために動いてくれるとは頭が上がらない。

「調子はどうですか？」

「『永続《エタニティ》』習得への道は長そうだ」

「そうですか、頑張ってください」

苦笑しながら応えると、彼女なりの激励のつもりなのか、手に持っているお菓子を俺へ差し出してくれる。一口くれるということだろう。フィオナが手にする狐色のお菓子の先端を齧《かじ》った。

「お、美味いなこれ」

「お口にあったようでなによりです」

表面はカリっと、中はフワリとした食感に、仄かに感じる甘味。糖分が頭に回ってエネルギーが補給されてる感じがするぞ。

「それで、今日は何の本を持ってきてくれたんだ？」

「強化魔法《ブースト》です」

俗に支援系、などと呼ばれる、身体能力や魔法の威力を強化する効果を秘めた魔法。その力は俺も、身をもって実感している。

封印状態のアイは、フィオナから下級の強化を受けただけで対等以上に戦えたし、凄まじいパワーとスピードを誇るラースプン相手にも引けをとらなかった。使徒やランク５モンスターと正面きって戦うならば、強化魔法の恩恵は欠かせない。

「けど、俺に強化魔法は使えるのか？」

魔力を体へ流し、循環させれば瞬間的に身体能力が増幅する武技に似た強化の術は、実験施設に居た頃から覚えていた。逆に言えば、これ以上のものは習得できていないし、すでに黒色魔力による強化をかけている状態なので、新しい強化のイメージもなかなか湧かない。

「黒魔法そのものが珍しいですから、そうそう都合よく強化魔法の術式は見つからないでしょう。しかしながら、今のクロノさんは擬似とはいえ、炎の属性を使えます」

果たして、上手くできるかどうかは実際にやってみなければ分からないが、と前置きしてから、フィオナは言い切った。

「『腕力強化《フォルスブースト》』の系統は、炎の原色魔力を基にしています。黒色魔力の炎でも、同じように強化魔法が使えるかもしれませんよ」

◇◇◇

シモンの研究室には、かつてクロノが見たアルザス村の物置小屋と同じように、いや、それ以上に雑多な道具や素材が散らばる混沌とした様相を呈している。普段ならば、主であるシモン以外にこの部屋へ立ち入る者はいないのだが、今は意外な人物が同席しているのだった。

「えっと……何の用ですか、リリィさん？」

緊張に身を強張らせるシモンの前には、体は幼女、頭脳は大人の状態のリリィが短い足を組んで椅子に座っていた。一つ屋根の下に暮らし始めて数日が経過しているが、その短い時間ではやはりシモンが抱く、リリィへの苦手意識は払拭されるには至ってない。

「大したものじゃないけれど、一応、貴方に見せておきたいものがあって」

リリィが中空に光の魔法陣を人差し指で軽やかに描く。それが彼女の空間魔法《デメンション》であることは一目で分かった。

取り出したのは、白い輪、としか言い様のない、シンプルな形状のリングである。

「なんですかソレ？」

シモンが興味深そうにリングへ顔を寄せた瞬間、カシュン！　音を立ててリングの内側から、七本もの針が飛び出した。

「わっ!?」

慌てて仰《の》け反《ぞ》るシモンのリアクションに、眉一つ動かすことない冷たい表情のまま、リリィは説明を始めた。

「これはクロノと同じ実験体、と呼ばれていたヤツらが頭に装着していた魔法具《マジックアイテム》よ。『思考制御装置《エンゼルリング》』という名前を聞けば、効果は察しがつくでしょう？」

「思考制御って……まさか!?」

魔法は使えずとも、知識はある優等生のシモンは、このアイテムの名前と形状を見て、即座に理解した。この飛び出す針を直接脳に突き刺すことで、装着者を操る洗脳装置なのだと。

「こんなの、邪法もいいとこじゃないか！」

人を魔法で操り洗脳する術は、このパンドラ大陸であっても厳しく取り締まられている。混乱《パニコス》や狂化《バサーク》、魅了《チャーム》に代表される、人の意思を歪める効果の魔法は数あるが、ほとんどは状態異常《バッドステータス》に分類される魔法と認識され、習得するに問題はない。しかし、永続的に術者の命令を聞くような、絶対服従にさせる類の魔法は禁術扱いとなっている。

法を定める国家という社会組織が成立している以上、強力な洗脳術はあまりに危険な存在である。

「でも、現にこうして実物がある。貴方もこれを装着した者が戦っている姿を見たでしょうから、効果のほどは説明するまでもないわよね」

シモンは重騎士の姿をしたライトゴーレムと実験体の入り混じった混成部隊を相手に、冒険者と一緒に戦っていた。灰色のローブを纏い、クロノと同じ黒魔法を扱う実験体は、攻撃を受けても僅かな悲鳴さえあげない不気味な様子であったことは記憶に残っている。

てっきり、魔法か薬物で強化でもしているのだろうと思っていたが、まさか完全な洗脳状態にあったとは予想していなかった。

「凄い効果だと思わない、コレ」

「それは……うん、戦ってる途中でも、全然洗脳が解ける様子なんてなかったし……」

洗脳といっても、一度かければ絶対的に効果が発揮されるほど万能なものではない。外部から何らかのショックを与えれば意識が戻るパターンが多く、ふとした拍子に正気に戻ったりすることもある。洗脳は非常にデリケートな魔法であった。

「ついでに、テレパシーで通信できる機能もついてるのよ」

「え、凄い！　でも、そっか、だからあんなに連携攻撃が上手かったんだ」

実験体の後ろに目でもついているかのような的確な立ち回りは、ランク1冒険者のシモンから見ても分かるほどであった。テレパシーで繋がっていれば、声も合図もなしに連携することが可能だろうと納得がゆく。

「ところで、私ね、この学校に通い始めてから、召喚術《サモン》の授業を受けたの」

「え、はぁ、そうなんですか」

突然の話題の転換に、シモンは曖昧な相槌を打つことしかできなかった。いきなり何なんだ、と困惑を浮かべるシモンを他所《よそ》に、リリィは世間話でもするような気軽さで言葉を重ねていく。

「モンスターを操る召喚術士《サモナー》は、アルザスでも役に立ったしね。ああいう他者を操る術というのに、ちょっと興味があったのよ。だから屍霊術《ネクロマンシー》の授業も受けたことあるの」

「へ、へぇ、凄いですね」

「凄くなんかないわ。授業に出て分かったけれど召喚術《サモン》は魔法とはまた別に、モンスターを調教する技術が必要だし、屍霊術《ネクロマンシー》に至っては、闇の属性が使えないとゾンビの一体も使役することがままならないの。

光が得意な、正反対の適正を持つ私には習得不可能だわ」

とは言うものの、リリィはさして残念そうな表情でもなく、むしろ微笑みすら浮かべている。

ここ一週間で学内の生徒達のハートを鷲掴みにするリリィの愛らしい微笑みだが、シモンはこれを見て、背筋に薄ら寒いものしか感じられなかった。

「けれど、そんな私でもこの素敵なリングがあれば――」

リリィが白い表面を指でなぞると、再び音を立てて、今度は飛び出した針が逆に収納された。

「――僕《しもべ》を使役することができる」

「えっ、まさかリリィさん!?」

「そこで今日の相談なんだけど、ねぇシモン、この『思考制御装置《エンゼルリング》』って、量産できないかしら？」

第三章　イスキア丘陵

ネルとシャルが、あの薄気味悪い触手野郎に襲われてから一週間が過ぎようとしている。こうして学食に足を運ぶと、未だに思い返してしまい胸糞が悪くなる。

「なんだーネロ、まだあのことが気になってんのか？」

この剣術バカのカイにも心中を見抜かれてしまうほど、分かりやすくも不機嫌な表情を俺はしてしまっているようだ。

「まぁな」

「誤解だって、ネルは言ってたじゃないかよ」

「馬鹿、アイツに言わせりゃ犯罪者でも善人扱いだ」

ネルは優しすぎる。傍から見ていて不安になるほどに、他人の悪意に鈍感だ。

だが、それを悪く言うことはしない。兄貴である俺が守ってやればいいだけの話だ。これまでも、これからもそうする覚悟はある。

「それはそうかもなぁ」

こんな馬鹿でも、ネルのドがつくほどのお人よしぶりは理解できている。

「なによりあの男には、途轍もなく嫌な気配を感じた」

「え、そんなにキモかったのか？」

いや、そういうことじゃねぇよ。顔に関して言えば、強面だがかなり整っていると言える。

「あの時、アイツは何も感じちゃいなかった」

絶世の美女といって差し支えない美貌のネルを胸に抱いても、シャルを触手で絡めとっても、そしてなにより、この俺の殺気を正面から受けても、あの黒と赤の目には何の感情の揺れも見えなかった。

二人のような美少女に手を出せば男なら感じて然るべき下心が、僅かほどもなかった。本当にネルが転びそうだったから抱きとめただけ、シャルは正当防衛しただけ、そう言わんばかりの無表情ぶり。

俺が殺気を向けても、あの野郎、前にネルが立っているせいで斬りかかれないことをよくよく分かって、警戒する素振りすら見せなかった。

触手を使うという以上に、そんなアイツの雰囲気がとにかく気味の悪いものだった。

「へぇー、それじゃあソイツ、強いのか？」

「弱くはねぇな。もしかしたら、俺らと対等に戦えるだけの力があるかもな」

「おおー、スゲーじゃん！」

俺はカイと違ってバトルマニアってワケじゃねぇし、そういう意味で興味はない。興味はないが、気にはなるので、あの男、クロノとかいうヤツについて少しばかり調べさせてもらった。

「なぁカイ、『エレメントマスター』ってランク３パーティは知ってるか？」

「ランク３？　そんな雑魚のことまで一々覚えてられねーよ」

だろうな、コイツと真っ当に戦えるのはランク４になってからだ。

「クロノはこのパーティで冒険者をやってる」

「くろの？」

「あの男の名前だよ、さっきから言ってるだろうが」

「あ、あーうん、クロノね、ふーんなるほど、そんな名前なのか」

本当に人の名前を覚えるのが苦手なヤツだ。だが、俺が「対等に戦えるかも」と言ったせいで、大いに興味を引いたに違いない。もう忘れることはないだろう。

「この『エレメントマスター』は、つい先月までランク1だったらしい」

それが今ではランク3、たった一ヶ月そこそこで２つもランクを上げているのだ。

「マジで、それって俺らと同じくらいハイペースじゃんかよ！」

「そうだ、明らかにランク４以上の実力を持ってる状態で、ランク１から始めていやがる」

田舎から出てきた新人が、実は凄まじい才能を秘めていていてハイペースでランクアップ、って話はないこともないが、普通は何か事情があるもんだ。

恐らく、妖精と魔女とか呼ばれているらしい二人の仲間もそうなのだろう。あのクロノが何を抱えているのかまでは知らねぇが、アイツには確実に何か裏がある。俺のよく当たる勘がそう言っている。

いや、あるいはこれから、何かをするというのか……

「ウィルのヤツが最近やけに自慢してくる、何とかバーサーカーってのも、奴のことらしい」

俺らがラースプン討伐を果たして学校中が湧いている中で、ウィルのヤツだけは何があったのかやけに浮かない面をしていた。野郎の事情なんぞに興味はないので聞くこともしなかったが、ある日突然、

「貴様らがあの恐ろしきラースプンを討ち果たしたのは全て黒き悪夢の狂戦士《ナイトメアバーサーカー》の獅子奮迅の大活躍があったればこそ。所詮は手負いの獲物を横取りしたに過ぎんのだ、そのことを努々《ゆめゆめ》忘れるでないぞ、ふぁーっはっはっはっは！！」

とか物凄いドヤ顔で言ってきたが、どうやら、クロノがラースプンと戦い、手傷を負わせたということらしい。なに馬鹿なこと言ってんだと、あの時はシャルに蹴飛ばされるウィルを眺めながら思ったが、なるほど、あの男ならラースプンの右腕一本くらいは斬れる力があるかもしれない。

「アイツがどれだけ強いのかは分からんが、いけ好かない野郎だってのは間違いねぇ」

「そうだな、一度戦ってみてぇよな」

ああダメだ。クロノとやらは近いうちにこの馬鹿に決闘という名目で絡まれるかもしれないな。まぁいいか、その時はカイにボコられればいいさ。そうなりゃ少しは俺の気も晴れるってもんだ。

「それにしても、シャルのヤツ、人のこと呼んでおいて遅――」

「お待たせ、新しいクエスト見つけてきたわよ！」

噂をすれば何とやら、今日のパーティ召集の号令をかけた張本人であるシャルが現れた。後ろにネルを引き連れているから、ギルドでのクエスト探しに同行していたのだろう。

これでいつもの待ち合わせ場所である食堂の席へ四人揃ったワケだが、サフィはラースプンの素材で新たな僕《しもべ》を造るべく今日も研究室に篭りきりで欠席だ。

「それで、何を見つけてきたって？」

やけに上機嫌なシャルを見ながら、これはまた面倒くさいクエストを見つけてきたに違いないと若干憂鬱になりながらも、聞いてやることにした。

「私らに丁度いいのがあったからね、即断で受注してきたわ！」

「相談もなしかよ」

「あの、ごめんなさいお兄様。私も今回のクエストは、どうしても受けたいと思いまして」

「へぇ、そりゃあ珍しいこともあるもんだな」

俺もカイと同意見である。ネルが一押しするってことの意味は凡その察しがつくのだが、大人しく説明を促した。

「最近、ファーレンを騒がせる盗賊の話って聞いたことあるかしら？」

表立って各国が争う群雄割拠の戦国時代は過ぎ去って久しいが、そこそこ平和な今のご時勢でも、盗賊やら山賊やらが絶滅することはない。そういうクズ共が調子に乗って暴れまわってる、なんて噂はどこの国でも一つや二つ、定期的に発生する。モンスターが沸くのと同じようなもんだ。

「名乗りをあげるほどの盗賊の話は、聞いたことねぇな」

「うん、このファーレンのヤツも、盗賊団を名乗るほどじゃないのよね」

賊ってのはもれなく徒党を組むものだ。組織になれば自称でも通称でも名前の一つも自然とつく。だが、名が知れるってことは、それだけの被害が出ているってこととイコールで結ばれる。

自分たちで大仰な団名を名乗ったとしても、速攻で潰されてりゃ噂に上ることはない。

もっとも、知名度が上がるということは、それだけ国やら冒険者やら賞金稼ぎやらから狙われやすいということにもなる。よほど大規模な略奪でもしない限り、自ら名乗り上げることなどしない。

つまり、シャルの言う「ファーレンの盗賊」ってヤツらは、わざわざ名乗りを上げず、また通り名がつくほど大きな噂になるほどでもないのだろう。

「でも、ついこの前にファーレン貴族の娘が何人かその盗賊に攫《さら》われたらしくて、それをきっかけに噂が大きくなりはじめているのよ」

「けど、そんな被害が出てるなら、騎士団が黙っちゃいねぇだろ」

ファーレンは、国土のほとんどが深い森に覆われた、ダークエルフの国だ。アヴァロンやスパーダほど強大な兵力はないものの、盗賊を野放しにするほど間抜けではない。むしろ、やや排他的な気風の強いファーレンでは、そのテの連中は特に厳しく取り締まっているはずだ。

「でも、騎士団が動けないから、私らの出番ってワケ」

「ってことは、その盗賊のヤツらは国境を跨いで活動してるってとこか」

「流石、その通りよ」

まぁ、それくらいしか騎士団が手を出せない理由なんて思いつかんしな。ファーレンが内輪で揉めてるなんて話も聞かないし。

「この盗賊が略奪するのはファーレンだけど、アジトはどうやらスパーダ国内にあるみたいなのよ」

正に騎士団逃れの典型例だ。騎士団が他国の領土へ足を踏み入れるなら相応の理由と正式な了解が必要となる。それがなければ、侵略行為とみなされ、即、戦争となってもおかしくない。

だから、どれだけ盗賊に自国を荒らされようと、他国へ逃げ込まれれば、それ以上は簡単に追いかけることができないのだ。

そこで、国の軍隊である騎士団ではなく、外国との出入りが緩い冒険者にこういった面倒な手合いを始末させるというわけだ。冒険者ギルドに盗賊や山賊討伐のクエストが定期的に舞い込んでくるのは、そういうカラクリである。

「しかし、ネルが珍しくもない盗賊退治に躍起になってるってことは、知り合いでも襲われたのか？」

「相変わらず鋭いですね、お兄様は……その通りです。直接的な知り合いというわけではないのですが、ウチの騎士候補生がこの盗賊団に襲われたそうなのです」

とある騎士候補生のパーティ二つが合同でクエストに挑んだ。彼らがクエストを終えて帰還中に、盗賊の襲撃を受け壊滅。どうにかその場を脱出した生徒の一人がことの顛末を伝えた、ということらしい。

「組んでた片方のパーティは女子だったってのは、不運だったたな」

男だけなら、その場で殺されて終わり。だが、女はそうはいかない。

「同じ神学生として、私はどうしても彼女達のことは放っておけないんです！」

「ウチの学生やってる以上、そういうことになる覚悟はあって然るべき。でも、知ったからには助けてあげなきゃいけないじゃない」

ネルもシャルも、どちらもこれはかなり本気になってるようだ。これは俺がＮＯと言っても二人だけでクエストに向かうに違いない。まぁ、俺としても断る理由はないけどな。

「そうだな、神学生に手ぇ出されて、俺らが黙ってるわけにはいかねぇよな」

「おう、盗賊なんざ余裕でぶった斬ってやるぜ！」

さて、ランク５に上がった『ウィングロード』最初のクエストは盗賊退治に決まったワケだが、

「ところでシャル、最近スパーダでやけに羽振りの良い奴隷商人の噂は知ってるか？」

この一件、少しばかり裏があるかもしれねぇな。

◇◇◇

紅炎の月29日、夜、場所は旧寮の――というか、今はもう人が住んでるんだから寮と呼んでもいいだろう。そのラウンジにここの住人である俺とシモンとリリィとフィオナ、四人全員が集っている。

基本的にはここで食事をするのだが、毎回一緒にとはいかない。それぞれにやるべきことがあるので、自室に篭りきりのメンバーがいることもよくある。

今回はたまたま四人集って夕食、の後にそれぞれ持ち寄った情報交換。つまり雑談タイムである。

「――もう、リア姉の無茶な修行に付き合ってたら命がいくつあっても足りないよ」

現在の話題は、スパーダの将軍を務めるシモンの姉貴、エメリアさんに対する愚痴である。

「なんか凄いトラウマになってるんだな、お姉さんとのことは」

「うん、今は毎日顔を合わせることはないから、寮生活はありがたいよ。でも、どうせその内抜き打ち検査とかいって文句つけにくるんだろうなー、やだなぁ、あ、お兄さんその時は力ずくで追い返しちゃっていいからね」

流石にそれはまずいだろう。スパーダが誇る女将軍を相手に喧嘩はしたくない。

「そんなに悲観するなよ、ほら、プリンでも食べろ」

「うん、ありがとうお兄さん」

本日のディナーでは、デザートとして満を持して作ったプリンが食卓を飾っていた。

いつかイルズ村でアイスキャンディーを作ったときを思い出す、上々の反応。皆その柔らかな甘味に舌鼓を打っている。約一名、黙々とプリンのカップを順調に積み上げて塔を作ってるヤツもいるが。

それはさておき、そろそろ俺の話もしようと思う。

「実は今日、一週間ぶりにギルド行ってきたんだけど――」

学生生活も大事だが、俺の本業は冒険者である。こっちをおろそかにするわけにはいかない。

「ギルドといえば、クロノさんはいっつもエリナというエルフの美人受付嬢のところに行きますよね」

「お兄さん、エリナさんは競争率高いよ」

「え、なにこの流れ。俺マジメにクエストの話しようと思っただけなんだけど」

フィオナのやけに棘のある一言のせいで、俺が受付嬢の色香に惑わされてるみたいな話になってしまったぞ。別にいつもエリナさんのとこを利用してるつもりはないし、まして彼女のことを狙っているワケでもない。

彼女とは呪いに狂った殺人鬼ジョートとの一件でちょっとした知己となったというだけで、決して下心をもって接しているわけじゃない。

だからさ、リリィもそんなに冷たい視線を俺に向けないでくれるかな。さっきプリン食べてた時までは子供だったけど、今は絶対意識を大人に戻してるよね。

「そうね、そろそろランク3クエストの一つも受けていい頃だわ」

おお、流石リリィだ、この不穏な疑惑を華麗にスルーしてくれた。疑ったりしてゴメ――

「エリナとかいう女の話は、後でゆっくり聞かせてもらいましょう」

あ、ダメですか、そうですか。これは身の潔白を証明するに当たって相応の時間を有しそうだな……そんな憂鬱な気持ちはさておいて、とりあえず仕事の話である。

「六体いる試練のモンスターの話は覚えてるよな？」

「はい、ラースプンのようにモンスターを倒せば加護が得られるんでしたよね」

的確な回答をくれるフィオナ。スプーンでプリンを突っついてさえいなければ、もっとシリアスな雰囲気も出ただろう。

「ああ、その内の一体が近くに現れたようなんだ」

その一体の名前は『グリードゴア』。

ギルドの資料室で入手した情報によると、コイツの生息地はスパーダより遥か西南の方角にある『大《エル》地竜渓谷《グランドキャニオン》』というランク5ダンジョン。姿を現すことは稀で、遠い場所ということもあって討伐に行くなら確実な目撃情報が欲しいところであった。

そして、そのグリードゴアの目撃情報がついに入ったのだが、

「ファーレン？　っていうと、スパーダの隣にある国よね」

リリィが言ったように、この目撃情報はスパーダの隣国であるファーレンよりもたらされたものである。

「大地竜渓谷《エルグランドキャニオン》はもっと西側だよ。生息地域を外れすぎてるんじゃないの？」

シモンの指摘はもっともだ。普通ならガセか、ただの見間違いと思われる。

「ギルドの方でも確定情報になってる。目撃者は何人もいるし、なにより演習中のファーレン騎士団が遭遇したらしい」

目撃情報を辿れば、どうやらグリードゴアの出発点は本来の生息地である大地竜渓谷《エルグランドキャニオン》であるらしく、そこからどんどん東へ、つまりこちらに向かって移動しているようだ。遭遇したファーレン騎士団は交戦す

る前にグリードゴアが姿を消したので、負傷者は出なかったとのこと。

　ランク5という危険性を考慮して、騎士団が戦力を集めて討伐隊を結成したものの、結局、再度発見することはできなかったという。

「グリードゴアが何を考えて真っ直ぐ東に進んでいるのかは分からんが、これまでの進行速度から、そろそろスパーダの領地に入る計算になる」

「なるほど、私たちが倒しにゆくのにちょうど良い場所に現れてくれたと、そういうことですか」

　フィオナの言葉に頷き、肯定の意を示す。まるで向こうから試練を授けるために現れたように思えるほど。一応、ミアちゃんは「自然の成り行き」と言っていたので、意図的なものではないのだろうが。

「ギルドの方には注意が出てるだけで、正式に討伐クエストは発行されてないから、完全にフリーってことになるけど、付き合ってくれるか？」

「勿論よ、好機はお金じゃ買えないしね」

「私もいいと思いますよ」

　即決で賛成意見がまとまり、グリードゴア討伐が決定した。

「今回はランク5モンスターを相手するに相応しい準備を整えましょう。グリードゴアは、確か土属性を使うんでしたっけ？」

　何とも頼りになる冒険者らしいことを言うフィオナ。口の端にプリンの欠片がついてなければ素直に尊敬できた。

だが確かに、ラースプンを相手にした時はあの強力な炎熱耐性に対抗する準備を用意できなかったせい、で酷く苦戦してしまった。討伐の対象となるモンスターに合わせて装備を整えるのは、冒険者の基本ともいえる。

「ああ、グリードゴアは土属性を行使する。相当硬いだろうな」

情報によると、グリードゴアはダガーラプターと同じように恐竜型、異世界版ティラノサウルスみたいな姿をしているらしい。そのクセ、地面を土の固有魔法《エクストラ》で自在に操作して、モグラのように土中に潜って移動することもできるという無茶苦茶なヤツだ。

「とりあえず作戦を練ってから、準備が整い次第出発だな」

それから二日後、紅炎の月も最終日となる31日。俺たち『エレメントマスター』はグリードゴア討伐の為にスパーダの南へ向かって旅立つこととなった。寮の前にはわざわざ見送りにきてくれたウィルとメイドのセリア、それと徹夜したらしく目の下に隈ができているシモンの三人がいる。

「自らランク5モンスターに挑みゆくとは、流石は恐れ知らずの狂戦士であるな、クロノよ！」

やや興奮気味に俺の肩をバンバンと叩いてくるウィルに思わず苦笑い。決して俺は、戦いのスリルを求めてグリードゴアを倒しにいくわけではない。

「むっ、この感触は、ローブの下に鎖帷子《くさりかたびら》を着こんでおるな？」

「ああ、ないよりは物理防御がマシになるかと思って」

俺はいつもの見習い魔術士のローブ姿だが、防御力重視で鋼鉄の鎖帷子を下に着こんでいる。

土属性を使うということは、結局は岩石をぶつけるなどの物理的攻撃となる。熱や電気を防ぐよりも、ただ身を固めることに意味がある。

対グリードゴアに向け、試しに購入したのだ。本当は、いっそ鎧でも購入してみるかと思ったのだが、ビックリするほどのお値段で、今回は見送ることに。

財布と相談しながら、それなりに品質のいい鎖帷子を購入。魔法の効果は付加《エンチヤント》されていないが、そこは自前で。『永続《エタニテイ》』の術式をフィオナに手伝ってもらいながら、自分で刻み込み、まる一日かけて丁寧に黒化を重ねて防御力を底上げしている。もっとも、その時のフィオナの説明は、

「クロノさん、ここはドドーっと魔力を注いでですね、この辺はフワっという感じで、そこはギュギュっと――」

という擬音語満載なものだったので、解読するのに酷く手間取ったものだ。

結果的にはちゃんと完成したワケで、俺の鎖帷子はほとんど光を反射しない不気味な黒一色。黒色魔力がしっかり染み込んで、なかなか、いい感じの仕上がりだ。

ちなみに、リリィはエンシェントビロードのワンピースドレスに、フィオナは自前の魔女装備といつもと同じ防具。グリードゴアとの戦いで、特別に防御力を要する前衛の役目を果たすのが俺だけだということを示してもいる。たまには俺の正式なクラス名も思い出してほしいものだ。

「時にクロノよ、少しばかり話があるのだが……」

妙に言いよどむ珍しい様子のウィル。そんなに話しづらいことなのかと、内緒話をするが如く顔を近づける。

「クロノがこれより向かうのはスパーダの南西部、ファーレンとの国境付近であろう」

その通りだ。グリードゴアが出現する可能性があるのはその近辺。とりあえずは現地で目撃情報を集め、あとは足で稼ごうと思っている。ある程度まで接近できれば、もしかしたらこの左目が示してくれるかもしれないと淡い期待も込めて。

「実はな、先日ご迷惑をおかけしたウチの妹なんだが……」

「えーと、シャルロットちゃん、だっけ？」

正直、あまり良い印象のない出会い方をしたスパーダのお姫様とは、その後も交流などなく、恐らく向こうには大いに警戒されたままだろうと察しがつく。彼女を悪く言うつもりはないが、俺個人からするとあまり係わり合いになりたくはない。

「なんでも、ファーレンで活動している盗賊団を潰す、とか息巻いてクエストに出て行ってな。調べてみれば、相手にはかなり腕の立つ用心棒もいるらしい。いくらランク5になったとはいえ、不安なのだ」

なるほど、盗賊ときたか。それは確かに、モンスターを相手にするよりも不安になるかもしれない。相手が人である以上、純粋な実力勝負ではなく、狡猾な罠を仕掛けてくることもあるのだ。

シャルロットちゃんが所属するパーティ『ウイングロード』はランク5ではあるが、ランクアップを果たしたのはつい最近。その年齢を考えれば、ベテランと呼べるほどの経験はしていない。

まぁ、俺も同じ17歳だから、そこまで偉そうに冒険者を語れるものではないのだが。

「あんなことがあって頼むのは非常に心苦しいが、もし、妹に何かあれば、どうか助けてやってはくれまいか」

「そりゃあ、目の前で襲われてれば助けるに否《いな》やはないが、そもそも現地で出くわすかどうかは分からんぞ。それぞれの目的は別にあるわけだし」

「いや、それだけで十分だ。ありがとう。汝が近くにいるのだと思えば、我も少しは安心できるというもの。なに、馬鹿な兄だと笑ってくれてもいい」

「いや、兄弟を大切に思う気持ちってのは、よく分かるよ」

俺の場合は妹ではなく姉ではあるが、そう違いはないだろう。

ウィルはどこか晴れやかな面持ちで重ねて謝意を述べてくれた。

「あ、そっちの話終わった？　ちょっとお兄さんに渡したいものがあるんだけど」

「お、おいシモン、本当に大丈夫か、フラフラしてるぞ」

幽鬼のような足取りで近づく尋常な様子ではないシモンに思わずそんな言葉が出る。自身はそれを気にしていないのか、それとも気にする余裕もないのか、その手にする黒いケースを俺の前にズイっと無言で差し出した。

「これは何だ？」

「お兄さん、新しい杖買ってないって聞いたから。コレ、まだ試作段階だけど、急いで用意したんだ」

どんよりした目つきでシモンがケースを開くと、その中には一丁の銃が入っていた。

形状は古めかしいショットガンのような感じ。銃身は短めで、ソードオフってやつか。

「僕が使ってた最初のヤツと同じ単発式の構造だけど、お兄さんならアルザスの機関銃と同じように使えるよね。薬室と銃身に術式を刻み込んであるから、これを通せばそのまま魔弾《バレットアーツ》を撃つよりも、たぶん威力は上がると思う」

設計はシモンが、そして製作は、信頼と実績のストラトス鍛冶工房である。

「おお、それは凄いな！」

これが本来、あるべき魔法の杖の延長にある銃ってヤツだろう。

「あとこれ、ちょっとしかできなかったけど、専用に弾丸も造ってあるんだ」

差し出された小さい巾着のような袋に入った弾丸には、よく見れば一つ一つ魔法陣が刻印されているのに気がつく。

「もしかしてコレ、シモンが――」

「大丈夫、フィオナさんから貰った怪しい目覚ましポーション飲んで、集中力は上げてたから。スペルミスは無いはずだよ」

チラリと横目でフィオナを見ると、毒々しい赤色の液体で満ちたポーション瓶を片手にサムズアップを決めている。どうやら、フィオナが自分で作った自信作らしい。

「そうか、頑張ったんだな」

ドーピング紛いの真似をしてまで仕上げてくれるとは、何とも心が打たれる。だが同時に、随分と無理をさせてしまったようで心配にもなる。

というか、あのポーションは飲んでも本当に大丈夫だったのか？　シモンも当たり前のように「怪しい」と形容詞をつけているし……いや、今は考えるまい。

「ありがとうシモン、後はゆっくり休め」

「うん、お休みーお兄さん」

むにゃむにゃと寝言のように口走り、夢と現の境を彷徨うシモンに感謝しながら、受け取った銃と弾丸を『影空間《シャドウゲート》』に仕舞いこんだ。

「それじゃあ、行ってくる」

「うむ、黒き悪夢の狂戦士《ナイトメアバーサーカー》の新たな武勇伝《レジエンド》を楽しみに待っておるぞ！」

「ウィル様の妄言は気にせず、行ってらっしゃいませ」

「ふぁーお兄さん、頑張ってぇー」

三者三様の見送りの言葉を背中に受けて、俺はリリィとフィオナを連れて、グリードゴア討伐を目指して寮を後にした。

◇◇◇

ファーレンで活動する盗賊団、そのアジトはスパーダ南西部に位置する『イスキア丘陵』というダンジョンと同じ名前を冠《かん》する、イスキア村の外れにある。盗賊のアジトといえば、小汚い山小屋や薄暗い洞窟などのイメージを浮かべる者がパンドラでも多いが、ここに限ってはそのステレオタイプとは随分とかけ離れた印象を覚える。

なぜなら、それはとても盗賊が出入りしているとは思えない、小奇麗な館であるからだ。緑に囲まれた閑静な立地を思えば、貴族が所有する別荘だと思うだろう。そして、何年か前まではそれも事実であると言えた。

果たして、どういう因果でこの館が盗賊に利用されるに至ったか。説明こそされずとも、おおよその事情は用心棒として雇われた外部の人間でも、自然と窺《うかが》い知れた。

「とある奴隷商人が保有する館、らしい」

つい先日、王立スパーダ神学校の学生パーティを襲った三人の用心棒。その内の一人であるスキンヘッドの大男、ランク２冒険者のザックが何となく聞けば、同じ用心棒仲間のルドラが答えた。

ルドラはその虚ろな目とやつれた様子から、果たしてマトモに口を利くことができるのかと初めて出会った時にザックは疑問に思ったが、意外と普通に会話ができることがすぐに判明した。

「けっ、俺からすりゃあこんなとこ小せぇ小せぇ、もっとデカいとこに住みてーぜ！」

少なくとも、ガルダンとかいう大口ばかり叩く一つ目巨人なゴーレムよりかは、よほど話しやすいとザックは感じている。

「とある奴隷商人ね。本当の雇い主ってヤツは、俺でも名を知ってるような大物かもしれねぇな」

ザックら用心棒を雇った依頼主は匿名である。ただ金払いの良い商人という情報しか知らず、護衛対象である盗賊団、もとい奴隷商人の一団の代表であるロバートと名乗る男を窓口にして契約したのだ。

学生パーティを襲った際、先頭に立って話をしていたのがロバートである。如何にもチンピラという口調と風貌だが、件の奴隷商人と唯一直接的な繋がりを持っている。

要するに、奴隷商人を親玉として、ロバート率いる一団が盗賊紛いの方法で商品である奴隷を調達しているという寸法だ。

「まぁ、金さえ払ってくれんなら、誰でもいいけどな」

余計なコトは知らないままの方が良い、と裏社会で生きてきたザックは知っている。それも、今の自分は雇われの身。昔馴染みに紹介されなければ、真っ当な冒険者に戻っていたザックはこんな胡散臭い個人契約のクエストなど受けようとは思わなかった。もっとも、報酬も十分以上に魅力的である。ギルドのランク2クエストとは比べ物にならないほど。

「賢明な判断だ」

ルドラからお褒めの言葉をいただきながら、ザックは次に気になることを聞いてみた。

「ところで、ルドラの旦那よぉ」

ザックがわざわざそんな呼び方をするのは、この男が三人の中で圧倒的な実力者であることを、短いながらこれまでの付き合いで知り及んでいるからだ。残念ながら二番手はガルダン。武技も魔法もなければ、人間がゴーレムにパワーで勝てるはずもない。

「旦那はアッチの方にゃ参加しねぇのかい？　初モノをくれてやるって、誘われてたじゃねぇか」

高額商品になりうる上玉の娘は、一切手付かずのまま送り出される。

無論、捕らえた女を前にして、盗賊稼業に身を落とすような男がそうそう我慢などできるはずもない。厳しく手出し無用を命じたところで綻《ほころ》びが出るのは確実。

そこで、並の娘なら何人か好きにしてよい、というような措置がとられる。とりあえずの欲望のはけ口があれば、命を賭けてまでワンランク上の少女を襲おうとはそうそう思わない。

そんなワケで、先日捕らえたばかりのスパーダの女学生は、盗賊たちの新たな慰安の道具として使われることとなった。いや、今も牢屋のある地下室で、使われている最中だろう。

「故あって、女は断っている」

「へぇ、そりゃまたストイックなことで」

「なーにが女だくだらねぇ！　朝から晩まで盛りやがって、目障りなんだよ」

それはお前が性欲のないゴーレムだからだろう、とわざわざツッコンでやる義理はなかった。

「私としては、お前の方がアレに手を出さない理由が気になるが」

「へへ、やっぱそう見えるかい？」

どこか自虐的な笑みを浮かべるザック。自分が他人からどういう風に見られているのか、よく理解している。そして、ほとんど見た目通りの男でもあるということも。

しかし、そんな彼でも心変わりするキッカケがあったのだ。

「女のガキには手出ししねぇって、決めてんだよ」

「随分と殊勝な心がけだな」

「そんな大層なモンじゃねぇよ。ただのゲン担ぎさ」

生と死が隣り合わせの冒険者稼業。加護がなくとも、やたら信心深かったり、なにかと縁起を担いだり、占いの結果を気にしたり、あるいは自分で定めた独自ルールを持っている、そういった者は多い。

「こんな俺でもそうしてりゃあ、もう一回くらいは命が救われるかもしれねぇと思ってな」

そう感慨深く言うザックは、胸元からチェーンを通したギルドカードと共についている、妖精の羽を模したアクセサリーを見せた。

「はっ、バカかテメェは、神様にお祈りかよ？　それこそもっとくだらねぇ」

「うるせぇ、お前も九死に一生なんて経験すりゃ、ちったぁ信心深くなるってもんだぜ」

言ったところで、そういう感情は理解できないだろう。実際、ガルダンの口、いや、ゴーレムなので正確には発声器官《スピーカー》とでもいうべきか、そこからはやはり否定の言葉しか出てこない。

「それに、一緒んなって女に手ぇだしゃ、引くに引けない関係になるだろ。俺は本格的に盗賊の仲間入りすんのは御免なんだよ」

ロバートが学生達に言い放ったように、表向きは奴隷商人ということになっている。用心棒の仕事をしていても、実際に村を襲って娘を攫《さら》うような場面は直接お目にかかっていないが、幌馬車に乗せて護送する際の雰囲気からいって、まず間違いなく人攫いに手を染めていると確信が持てた。

それに先日の学生パーティ襲撃の一件。商品の奴隷強奪の報復、という名目にしては些《いささ》か行きすぎの感は否めない。

「は？　盗賊ってなんだよ、俺らは奴隷商人の用心棒だろうが」

まぁ、中には言われたことをそのまま信じ込むバカなヤツもいる。そういう者にわざわざ教えてやる義理もないと思い、ザックはガルダンの発言をスルーした。

「さっき送り出したダークエルフの女なんざ、ありゃどう見ても身売りされた村娘じゃねぇ」

ルドラが静かに頷き同意を示す。ただ、その娘がどういう出自であるのか、まではルドラもザックもそれ以上言及しようとはしない。

「なんにしろ、もうちょいで契約期間は終了だ。早くこのヤバそうな仕事からは抜けてぇぜ」

「へっ、腰抜けの人間が。いざとなりゃあ、テメェの力でなんとかしようって気概はねぇのかよ」

人一人の力には限界がある。そんな当たり前のことも分からないのかと、やや軽蔑の眼差しを向けるザック。だが、このゴーレムが自分の実力に根拠もなしに絶対の自信をもっている類の勘違い野郎であると思えば、哀れみも感じるのだった。あるいは、まだまだ中身は子供なのかもしれない。

不穏ではないが面白くもない空気になっている最中、両開きの扉からノックの音と同時に男の声が聞こえてきた。

「ちょいと失礼しやすよ、先生方」

入室してきたのは、一団の代表であるロバートである。

「村に下りてる連中からヘルプが入りまして。誰か一人でいいから来てくれないかと」

「一人でいいのか？」

不測の事態に備えるなら三人全員動かすべきである。特に一番弱いザックは、予想外に強い相手やモンスターが出現した場合、非常に困るのだ。

「ここには最低、二人は残ってもらいたいんすよねぇ」

万が一、このアジトを突き止めた冒険者が襲いに来るとも限らない。男子学生の一人を逃してしまった以上、少年経由でギルドが動くかもしれないのだ。

「分かった、俺が行く」

ザックはソファの傍らに立てかけておいたバトルアックスを手に取り、立ち上がった。

マジメに用心棒の仕事に取り組もうというのではない。ただ少女が辱められているこの館に居るのは、少しばかり居心地が悪いと思えたからだった。

ターゲットは三人組の冒険者だと言う。

「へい、ちっとばかし一悶着ありやして、キッチリ落とし前つけさせてやろうってワケなんですわ」

ザックが館にいた盗賊もとい奴隷商人メンバーを数人連れて応援に駆けつけると、イスキア村の正門前で待ち合わせていた男から、そんな事情を聞いた。

（どうにも嘘臭ぇなオイ、よほどの上玉を見つけたから掻っ攫おうってとこか）

本当に相手の冒険者と揉め事を起こして一旦引いてきたという状況であるならば、もう少し剣呑な雰囲気になっていて然るべきである。用心棒であるザックの手前、一応の理由をこじつけたといったところだろう。

だが、怪しいながらも用心棒の仕事をこなしてきたのである。契約期間終了を目前に妙な言いがかりをつけられて、報酬の支払がおじゃんになっては元も子もない。

（まぁ、そんな別嬪をこれ見よがしに連れ歩いてる冒険者が悪ぃってことで）

ヤル気は出ないが仕事はこなすという心持ちで、男の先導でザックたちは街道を馬で駆けて行く。

すでに陽は沈み夜の帳が下りているが、それなりに広く整備された街道であれば馬を走らせるにそこまで支障はない、というよりも、それだけの腕前は持っているというべきか。しばらく進むと、冒険者を追跡していただろう先行部隊と合流し、冒険者があの学生パーティと同じように街道脇で野営している場所へと静かに向かった。

「おいおい、番の一人もなしとか、とんだ素人冒険者だな……」

草むらや木など身を隠せるほどの、大きな遮蔽物のないだだっ広い草原。そこにはテントが一つと燃えっぱなしになっている焚火がある。すぐ傍には、二頭の黒い馬が繋がれていた。

そこらの村人でもしないような無防備ぶりだ。いったいどれほどの馬鹿が、こんな杜撰《ずさん》な野営をしているのかとザックは他人事ながらレクチャーの一つでもしてやりたい気分だ。

聞けば、冒険者の構成は男一人に女二人。もしかすれば貴族のボンボンが美人のメイドでも連れて冒険者ごっこに興じているのかもしれない。そう思えば同情の気持ちも湧かない。ましてあのテントの中で美女二人とよろしくやってると思えば尚更である。

「一応聞いとくが、あの野営地、すげぇ結界でも張ってあるわけじゃねぇよな？」

ランク４以上の魔術士ともなれば、種々の結界を使いこなし、見張りがなくとも鉄壁の防御を張ることもできると聞いたことがある。

不用意に踏み込めば火達磨になる炎の結界、氷漬けになる氷の結界、などなど、そんな魔法の力に特別に対抗手段を持たないザック以下のメンバーである。最低限の警戒はするにこしたことはない。

「ないっすね、少しばかり探りを入れましたが、なんの反応もありやせんでした」

この辺は流石に盗賊といったところか。狙う相手はよく見極めていると言うべきだろう。

「で、どうすんだ？　前の時みてぇに交渉すんのか？」

「いえ、今回は一気にいきやす。男を刺して、女は攫う。向こうはぐっすり寝入っているようですし、こりゃ五分もかかりやせんよ」

どうやら奇襲作戦に出るようだ。見張りのいない野営地、無防備に寝入る相手、これだけの好条件が揃っていれば、確かに一気に始末してしまったほうが早い。

「俺らが行きますんで、先生は後ろで、もし何か起こったらそん時に加勢してくれりゃいいですぜ」

「了解だ、出番がねぇことを祈ってるぜ」

そして盗賊たちは、獲物を狙う蛇のように野営地へと忍び寄っていく。ザックは少し離れた後方でバトルアックス片手にその様子を、息を潜めながら黙って見ていた。

盗賊たちは松明などの灯りを持たず闇に溶け込んでいるが、目的地である野営地はまるで丁度良い目印のように焚火が照っている。その灯りに照らされて、男たちが手にするナイフがキラリと光った。

野営地は何十人もの男によって包囲され、次の瞬間にはテントの布を切り裂いて突入する――

「魔弾《バレットアーツ》・全弾発射《フルバースト》」

その時、静寂の支配する夜闇に、高らかに乾いた爆発音が轟く。

「うおおっ、なんだぁ!?」

ザックは驚愕に目を見開いて、全く予想だにしない光景、つまり、相手に反撃される場面を目撃する。

それが一体どういう攻撃なのかは全く分からなかったが、テントに突入せんと迫っていた男たちは苦悶の絶叫を上げてばたばたと倒れていった。焚火の近くに居たお陰で姿がはっきり照らし出されている男などは、その頭部が踏み潰した果実のようにはじけ飛ぶ様がありありと見えた。

一瞬の内に何人もの仲間が死傷し、生き残った半分ほどの男たちが明らかな動揺を見せる。不測の事態に誰かが次の行動の指示を飛ばそうとするが、相手の冒険者が動く方が早かった。

テントの入り口を突き破るような勢いで飛び出した人影は三つ。

それを見た瞬間、ザックはさらなる驚愕で頭の中が真っ白になる。

「あ、アイツは！」

先頭を切って飛び出したのは大柄な男。その黒髪にやたら鋭い目つきをした、黒と赤のオッドアイの珍しい色を持つ男には、明らかに見覚えがあった。

それは、自分が真っ当な冒険者に戻らざるを得ない原因を作った人物。忘れられるはずがない。

「嘘だろ、な、なんで——」

だが、その男が冒険者であることは、ギルドカードを下げているのを見てすでに知っている。こういう出会い方もなきにしも非ず。

ザックがどうしようもなく驚いてしまうのは、その因縁のある男と共にいるのが、よりによって、命の恩人であるからだった。

「——なんで、妖精さんまで一緒にいるんだ!?」

男のすぐ後ろに続くのは、光り輝く小さな人影。誰がどう見ても、妖精としか呼ぶことのできない美しくも可憐な姿をしていた。

見間違えるはずもない。臨時パーティの仲間に捨て駒にされ、スライムに喰われて骨まで溶かされる運命を覆してくれた妖精のことは、今も脳裏に鮮烈に焼きついている。

虹色に輝く二対の羽。プラチナブロンドの長髪にエメラルドグリーンの瞳。その神秘的な美しさをもつ小さな女の子は、今再びザックの前に現れたのだ。

そして、あのスライムをことごとく殲滅《せんめつ》し尽くした白い光もまた、ここに再現されるのであった。

「うおっ、眩しっ!?」

妖精から迸《ほとばし》る閃光は、焚火の小さな光と比べ物にならないほど煌々《こうこう》と周囲を照らし出す。無論、美しいだけでなく、攻撃の余波である熱風も吹き抜けていった。

スライムならばゼリー状の肉体が飛び散るだけだったが、今その破壊の光が向けられた相手は全て人間。撒き散らされるのは赤い血潮。吹き飛んでいくのは明確な形を持った手足や胴である。

そうして熱と爆発で殺傷せしめているのは妖精だけではない。

三人目の冒険者である黒尽くめの魔女が短杖《ワンド》を振るう度に、灼熱の火の玉を大量にばら撒いている。

赤い炎と白い光が、周囲一体を焼き尽くさんばかりに猛威を振るう。そんな破滅の嵐の渦中で、特別な力をもたない人間の男が生き残る術などなかった。

テントを襲った何十人もの男は、三十秒とかからず瞬く間にこの地上から消え去る。後には四散五裂した黒焦げの残骸があるのみ。

「あ、あ……」

呆然と仲間が返り討ちに、いや、これはただ一方的に蹂躙《じゅうりん》されて、といった方が正しい。そんな様子を見せ付けられたザックは、「何かあれば加勢する」という用心棒本来の役割など完全に忘却し、ガクガ

クと大きな体を震わせながら恐怖で竦《すく》む足を必死で動かそうとしていた。

だが、自分の両足がこの場を脱する為に全力で動き始める前に、黒と赤の視線に捉えられた。

奴と自分の距離は何十メートルもの距離がある。自分は立ち上がったとしても、闇に紛れてよく見えない。そのはずだが、男の両目は真っ直ぐこちらに向けられる――ようするに、目があった。

「うあぁあああああ！」

バトルアックスを放り出し、ついにザックは身を翻《ひるがえ》し全力で走り出す。野営地を襲う際、音を立てず接近するために少し離れた場所に馬を繋いでおいたのが恨めしい。

（あそこまで行けば、逃げられるっ！）

今はその希望を一心に信じて走る。だが、野営地に冒険者の騎馬が繋がれている以上、向こうがそれをさっさと駆り出せば確実に追いつかれる。そんな単純な論理も今のザックには持てなかった。

草地を踏みしめる足音が、すぐ後ろから聞こえてきた。

信じがたいが、何十メートルものアドバンテージがありながら、決して鈍足ではないザックに十秒もしない内に追いついたのだ。

嘘だろう、そう思った頃には、すぐ隣を猛スピードで黒い影が疾風《しっぷう》の如く通り過ぎてゆき、

「止まれ」

目の前に、左目だけが真紅の輝きを放っている、全身黒尽くめの男が立ち塞がった。

右手にはバスターソードかと思うような大きな刀身の鉈《なた》が握られており、そこから禍々《まがまが》しい赤黒いオー

ラが立ち上っている。素人でも、一目で分かる、呪いの武器であった。

この男を打倒せしめる要素が、何一つ思い浮かばない。最初に出会ったあの時も強いと思ったが、ここまで圧倒的に隔絶した存在であるということを、今この瞬間になって理解する。

この男が本気になれば、自分の命を奪うなど赤子の手を捻《ひね》るが如く容易《たやす》い。前回は真の意味で、見逃してもらっただけ。己の生殺与奪《せいさつよだつ》が完全に相手に握られてしまっていることをどうしようもなく理解したザックは、自然と膝を屈し、両手を挙げて降伏のポーズをとっていた。

「ま、待ってくれ……助けて、助けてくれ……」

掠《かす》れる声で、そう命乞いの言葉をなんとか吐き出す。

無様な自分を見下ろす男の目はやはり鋭く、どこまでも冷酷な光を湛えていた。

◇◇◇

月は替わり、白金の月3日にはグリードゴア討伐の拠点となるイスキア村へと到着した。

「……つけられてるな」

それは、村の冒険者ギルドへと向かっている途中のことだった。人ごみに紛れて、時たま不穏な視線を感じるのだ。

「ええ、これはつけられてますね」

「むー、ヤな感じがする」

残念ながら、俺の気のせいではないらしい。

「うわ、見るからにガラの悪い連中だな」

冒険者ギルドへ続く村のメインストリートを歩きながら、それとなく周囲を見渡し、俺たちの後をついてくる人物を確認した。このイスキア村はクゥアル村のようにそこそこ規模の大きい村で、通りには村人だけでなく武装した冒険者の姿も見かける。

本人たちは、その冒険者に紛れ込んでいるつもりなのだろう。精悍な成人男性が革鎧などを身につけていればそうとしか見えないが、こうもあからさまに気配を向き出しに視線を送られれば、気づかないというう方が無理な話だ。

とりあえず今の段階では、不躾《ぶしつけ》な視線を向けられているだけなので「なぁに見てんだコラぁ！」とこちらから喧嘩を売りに行くわけにはいかない。きっと美幼女リリィと美少女フィオナの美貌につられて不埒《ふらち》な考えを持っているのだろう。

全く、イルズ村の頃はそういう悩みとは無縁だったのだが、人口が多く、それも人間が多数を占めるスパーダでは、人間の男から見れば非常に魅力的な容姿を誇る二人に対してそういう視線が集ることが明らかに増えた。

だが、どんなことでも思うだけなら人心の自由。不快ではあるが、手を出されなければスルーし続けるより他はない。現在進行形で付きまとっているグループに関しても、それは当てはまる。

そうして背後を気にしつつも、予定通り冒険者ギルドでグリードゴアのより詳細な情報収集を行う。

結果としては、目撃情報はある日を境にぱったりと止み、完全に行方知れずになってしまったという残念なお知らせを聞くに至る。

恐らく一部の冒険者しか立ち入らないダンジョンの奥深くに行ったのだろうと推測されるが、もしかすれば地中を移動して全く別の場所へ向かったという可能性もある。一応、ここまで来てしまった手前、最後の目撃情報のあったランク3ダンジョン『イスキア丘陵』を回ってみようかという結論を出した。

とりあえずの方針を決定し、冒険者ギルドを出るともうすぐ陽が沈み始めるかという時間帯。グリードゴアと遭遇する可能性を僅かでも上げようと、道中を急ぐことに。街道の途中で野営することを覚悟で、俺たちはイスキア村を後にした。

「完全につけられてるな」

騎馬のメリーとマリーに乗って走ること数分、どうやら村で俺たちをつけ回していたグループが、こうして村を出ても追いかけてきていることに気づく。

「ええ、完全につけられてますね」

「むぅー、凄くヤな感じがするー」

やはり、俺の気のせいではないらしい。

「これは所謂《いわゆる》、盗賊ってヤツか？」

「そうでしょうね。目端《めはしき》の利く者なら、私たちの装備の価値を一目見れば分かるはずですし」

そういえば、フィオナの魔女ローブは何か凄い高級素材をつぎ込んであるとローブ専門店のオバサン店員が言ってたな。リリィのワンピースドレスもエンシェントビロードの高級布地だし。

「俺はリリィとフィオナを狙ってるもんだと思ってたぞ。これだけ綺麗なら、男が狙わないはずがない」

「本当ですか？」

「嘘言ってどうする」

「ホント？　リリィ、綺麗？」

俺の前に座るリリィが声を弾ませる。

「ああ、リリィは綺麗だぞ、超可愛いなぁ」

「むふふー」

丁度良い位置にあるリリィの頭を撫でながら、片手で手綱を操る。

思えば俺も乗馬が上手くなったものだ。走らせながらも、こうして余裕を持って会話ができるほどになったのだから。

あるいは、メリーが俺をご主人様と認めてくれているからかもしれない。フィオナとのデート以降、乗るたびに黒色魔力を流して一体感を高めているし。

「それで、クロノさん、どうします？」

「そうだな、ずっと追跡され続けるのも面倒だし、今夜の内に隙を見せて誘うってのはどうだ？」

そしてこの惨状である。

「全滅してるじゃないか……」

血と肉の焼ける臭いが鼻につく。慣れてはいるが、この中でゆっくり休息しようという気にはなれない。手足や生首が散乱している惨殺現場のど真ん中で安らかに眠れるほど、まだ俺の精神はイカれちゃいない。いや、人死に慣れた時点で正常とは言いがたいか。

「すみません、ついウッカリ。ですよね、リリィさん？」

「ねー」

全く反省の色を見せない妖精と魔女のコンビ。だが、俺もフルバーストしたので文句は言えない。

「それに、ちゃんと捕虜は一人とれたのですから、良かったではないですか」

「捕虜、ねぇ……」

微妙な心持ちで、筋肉質な巨躯をガタガタ震わせる顔面蒼白のスキンヘッド男に目を向ける。

完全に戦意喪失しているが、念のために『黒髪呪縛「棺」』で作り出した影触手《アンカーハンド》で縛り上げている。

「ご主人様、むむむーっ！」と、警戒感ＭＡＸな棺ちゃんは、相手が不穏な動きを見せれば即座に自慢の黒髪ワイヤーを食い込ませ、五体を切り刻むことだろう。

もっとも、この様子を見ればそうなることはなさそうだが。いや、それよりも気になるのは、俺がこの男に見覚えがあるということだ。

「なぁアンタ、俺のこと覚えているか？」

「う……は、ハイ……」

敬語ときたもんだ。相当ビビってしまってる。

スパーダのスラム街の路地裏で出会ったあの時は、剣を壊されても虚勢を張るくらいの元気はあったのだが、これだけお仲間を派手に殺されてしまっては逆らおうなんて気が失せるのは当然だろう。

「残念だ、盗賊の片棒を担いでいるなんて」

言うものの、俺だって「真っ当な冒険者になってくれ」という言葉だけでその通りに行動するはずもないというのは、分かっていたはずだ。

だが、それでもやはり残念な気持ちになるのも、また偽らざる本心である。

「ま、待ってくれ、俺は盗賊なんかじゃねぇ、あの後はホントに冒険者に戻ったんだ！　アンタの言った通り、真っ当な冒険者になったんだよぉ！」

「止めろ、命乞いが聞きたいワケじゃない」

この言葉を素直に信じられるほど、俺はお人よしではない。だが、使徒のように人の命を弄《もてあそ》ぶ趣味も持ち合わせてはいない。明日の朝にでもイスキア村のギルドか自警団に突き出してやるつもりだ。

その前に、盗賊の情報を聞けるだけ聞き出そうと思ったのだが、この様子では無理そうだな。さっさと気絶させて――

「待って、クロノ。この人の言ってることは本当よ」

「リリィ？」

だが、思わぬところで男に助け舟が入る。ついさっきまで子供状態だったリリィが、はっきりした口調で言いながら俺と男の間に割って入る。

「よ、妖精さん！　お願いだ、助けてくれぇ！　俺はアンタに助けられてから、毎晩妖精の神様にお祈りしてる！　子供に手を出すこともしてねぇ、お願いだぁ、頼む、助けて、助けてくださいぃ！」

「知り合いなのか？」

いよいよ泣き叫ぶような勢いで懇願する男を尻目に、とりあえずリリィへ訪ねてみる。

「私が一人でスライム討伐に行った時、道すがら彼の命を助けたことがあったの」

それはまた凄い偶然もあったものだ。世の中は狭い、最近つくづくそう感じる。

「ねぇ貴方、少し落ち着きなさい。大丈夫よ、殺したりなんかしないわ」

「う、うぅ……あ、あ、ありがとう、ありがとうございます、妖精さん……」

大の男が泣きながら女の子へ頭を下げる、というか、土下座状態で這《は》い蹲《つくば》っているという場面は中々にシュールだ。

「それじゃあ、こっちの質問に、ゆっくりでいいから答えるのよ、いいわね？」

「う、はっ、はいぃ」

ここで尋問に繋げてくるとは、やっぱり大人なリリィは侮れない。

リリィは一瞬こちらを振り返ると、さぁどうぞと言わんばかりにウインクを飛ばしてくる。相変わらずキュート、じゃなくて、これで速やかに情報収集できそうだ。

「まずは名乗ってもらおうか。それと、冒険者ならギルドカードも出せ」

「お、俺はザック、スパーダの片田舎出身のしがない冒険者だ。ギルドカードは首にかかってる」

首には確かにチェーンがかかっており、その先は胴体に装着している革鎧の内側に入っていて見えない。

俺は黒髪ワイヤーを繰って、ザックを拘束したままギルドカードを胸元から引き抜く。

その時、彼の顔が恐怖に引きつるが気にしないフリ。なんだよ、そんなに触手は嫌いかよ。

「ブロンズプレートか」

「へ、へへ、俺じゃあこのランクが限界なんでね」

ハッタリで強化魔法と武技を使えると言っていたのを思えば、やはりどちらも習得していないのは事実なのだろう。両方とも使えなければ、確かにランク３に上がるのは厳しい。

「俺はクロノ。ランク３の『エレメントマスター』というパーティを組んでいるんだが、俺たちを知って狙ったのか？」

「アンタらが相手だと知ってりゃ、俺は何が何でもコイツらを止めてたぜ」

「どういうことだ？　いや、順に聞こう、まず、お前たちは何者だ？」

「コイツらは奴隷商人さ」

奴隷って存在がこの異世界では当たり前に存在しているということは、知識としては知っている。

だが、奴隷を所有するような上流階級と接点もなければ、そもそも彼らが住まう上層区画に立ち入ることもないし、スパーダの奴隷市場に行ったこともない。

もっとも、裸で鞭を振るわれ強制労働、みたいな酷い扱いは法律で禁止されていると聞いたので、表向きにはそこまで悲惨な境遇にはないようだが。

「だが、知っての通り盗賊まがいの連中だ。アンタらを狙ったのは妖精さんと、そっちの魔女のお嬢さんに違ぇねぇ」

どうやら、予想は俺の方が当たっていたようだ。胸糞の悪くなる話だが。

「ファーレンを騒がせてる盗賊ってのは、お前たちのことか？」

「ファーレンの盗賊？　はっ、やっぱそんな悪名が流れてんじゃねぇかよクソッタレが……たぶんその通りだ。コイツらはついこの間までファーレンでどこからともなく『商品』を仕入れてきた。俺は奴隷商人を名乗るコイツらに、用心棒として雇われたのさ」

「用心棒？」

「個人契約のクエストってヤツさ。知り合いの紹介で、すげぇ金払いの良いクエストだったから受けた。だから俺は、冒険者として真っ当な仕事をしてたに過ぎねぇ。村を襲って娘を攫うなんてことまではやってねぇんだ」

ちらりとリリィに視線を向けると、我が意を得たとばかりに小さな口を開く。

「真実よ」

「妖精さん……ありがてぇ……」

リリィが保証するなら間違いない。この男がテレパシーを欺《あざむ》く高等な魔法を宿しているなんてことはまずないだろうし。

ザックが本当に冒険者として個人契約のクエストを遂行し、明確な犯罪行為に手を染めていないというのならば、強く非難することはできない。

と言っても、こうして襲われた以上は『冒険者同士のいざこざ』として当事者である俺が処遇を決めても、ぶっちゃけ殺してしまっても罪に問われることはない。

だが、俺はそこまでこの男を恨んでいるワケではない。余計な血は流さないに限る。

ザックのギルドカードには妖精の羽を模したアクセサリーがついている。きっとリリィに助けられて、神を信じるような気持ちになったのだろう。妖精の神様にお祈りしてるというのも、あながち嘘ではないかもしれない。

「だが、コイツらがファーレンの盗賊だというなら、その用心棒をやってたお前は、犯罪組織の片棒を担いだことになる。その罪がどれほどのものかは俺には分からないが、それでもまだコイツらに協力すると言うのなら……分かるな？」

「こ、個人契約クエストは、この場で放棄する！　盗賊団討伐の為に情報提供するのも惜しまねぇ！」

その言葉を聞き届け、俺はザックの拘束を解いた。

これで一応、彼は奴隷商人の用心棒ではなく、クエスト放棄したフリーの冒険者に戻った、ということになる。冒険者ギルドに対しては、自分はあくまで騙されてクエストを受けたというスタンスを貫けば、実際に犯罪行為をしていない以上、それほど厳しく罪を追求されることはないだろう。

「た、助かった……」

体に纏わりつくワイヤーから解放され、ほっと一息つくザック。命を握られて、尋常ではない緊張状態だったのだろう。冒険者ならそれくらい日常茶飯事ということで、あえて同情はしないが。

「それじゃあ、お互いの立場がハッキリしたところで、ファーレンの盗賊、もといお前を雇った奴隷商人について、詳しく聞かせてもらおうか」

第四章　吸血鬼

ルドラは一人、館の地下室へ通じる薄暗い階段を音もなく下っていく。足音どころか、呼吸音すらないと思えるほどの静けさ。地下室の扉をノックするまで、彼の接近を察した者は誰もいなかっただろう。

「先生、何か御用で？」

扉から出てきたのは、この一団を現場で率いる主のロバート。上半身裸で汗を流したその姿を見れば、今の今まで何をしていたのかは考えるまでもない。

だが、ルドラにとっては気になるものではないようで、虚ろな瞳をした無表情のまま、淡々と話す。

「こちらへ向かってくる者がいる。逃げる用意をした方が良い」

その一言で、ロバートの顔には驚きの色が浮かぶが、取り乱すことなく冷静に事の仔細を問いただす。

「ファーレンかスパーダの騎士団が動いたんですかい？」

「反応は三つ、恐らく冒険者だろう」

最悪の状況ではないことを察したらしいロバートは、一つ安堵の溜息を吐く。

「たった三人相手じゃあ、わざわざ逃げる必要はないんじゃないですかね？」

「ランク４以上のパーティならば、私も足止めするのが限界だ」

なにより、送り出したザックたちのグループが未だ帰ってこない。もしかしたら一網打尽にされた可能性は十分に考えられる。

「念には念を、ですかい」

即座にルドラの言わんとしていることを察知したロバート。こういう稼業は逃げ足が肝心。引き際を見極められないヤツはとっくの昔に断頭台の露と消えている。

「分かりやした。ズラかる準備をするんで、先生方は――」

「すでにガルダンが飛び出していった。私も今すぐ向かう。敵は裏手から近づいているようだ。つり橋の前で戦えば、脱出する時間は十分に稼げよう」

「それじゃあ俺らは表から、へへ、今回もよろしくお願いしやすよ、先生」

黙って頷いたルドラは、身に纏う黒コートを翻し階段を駆け上がっていった。

◇◇◇

盗賊団――奴隷商人と名乗っているが、盗賊団でいいだろう。そのアジトは、イスキア村からやや離れた小高い山の中腹に立つ館だという。

ザックから凡その情報を聞きだした後、俺たちはそのままアジトに向かっている。

なぜそんなことをしているのか、答えは簡単。俺たちが残りの盗賊を討伐しようというだけのことだ。

ちなみにザックはあの場で解放した。リリィが大丈夫だと保証してくれたので、報復に来る可能性は無い。

彼には是非ともこのまま真っ当な冒険者人生を歩んでくれることを願っている。

「グリードゴアはどうするんですか？」

暗い夜道の中、並走するフィオナが馬上より問いかける。

「これが終わってから探しに行く」

目撃情報からいって、すでに近くにはいない可能性の方が高い。今更一日二日の時間を急いだところで必ず見つかるということもないだろう。それほど時間が惜しいわけではない。

「もともと、見つからなかったらイスキア丘陵のモンスターを適当に狩って資金の足しにするだけだったし、盗賊討伐の報酬の方が稼げそうだろ」

「そうですね、あの殺人犯の懸賞金も結構良い額でしたし」

とりあえず『エレメントマスター』の方針としては、盗賊討伐に否《いな》やはない。決して俺が正義感を暴走させて独断専行したワケでは断じて無いのだ。

盗賊討伐を決めた理由は幾つかある。敵の戦力は俺たちだけで十分制圧可能という点。スパーダの神学生が捕まっている点。これは今話した通りだが、モンスターをフリーで狩るよりは金になりそうな点。

まず一つ目の理由について、ザック曰く、用心棒として雇われたのは自分含めて三人。残りの内一人だけはかなり手練れの剣士だと聞いたが、もう片方はいいとこランク3かどうかという実力のゴーレムらしい。

　他の盗賊団メンバーは、ついさっき俺たちによってバラバラにされた連中と同じような実力。つまり魔法も武技も無い純粋な身体能力しか持ちえていないただの人間だ。

　用心棒の剣士にだけ注意すれば、余裕で盗賊団を壊滅させることができる。

　二つ目。スパーダの神学生が捕まってる点について、これはどうにも聞き逃すことはできない情報だ。ウィルが懸念していた、ファーレンの盗賊退治に向かったらしい妹、スパーダの第三王女であるシャルロット・トリスタン・スパーダが盗賊に捕まったという可能性は、幸運と呼ぶべきかゼロだ。

　ザックに聞いたスパーダの女子学生の特徴は、どれも聞き覚えの無いもので、俺にとっては顔の知らない人物であることに間違い無い。

　ただ、同じ神学生が捕まっていることを知った以上、大人しくスルーすることは出来そうもない。

　三つ目はフィオナに語ったとおり、お金目的であり、当初の予定だったグリードゴアともエンカウントできそうも無いので、方針転換してもさほど問題無いというだけのこと。

　『イスキア丘陵』の危険度ランクは3。そこで多く生息するというケンタウルスやサイレントシープとかいうモンスターを乱獲したところで、フリー討伐の報酬はたかが知れている。

　それと、口にはしてないが、四つ目の理由もある。

「リリィとフィオナに手ぇ出そうとしたこと、死ぬほど後悔させてやる」

「声に出てますよ、クロノさん」

うん、なんだ、まぁ、そういう私怨《しえん》もあるということだ。

いざ本人に聞かれると、ちょっと恥かしいな。

「クロノさん」

「なんだ？」

「死ぬほどっていうか、絶対死にますよね」

いや、そこはほら、何人かは生け捕りに出来るかもしれないじゃないか。

「盗賊行為は大抵どこの国でも死罪ですからね。先に殺してしまったほうが騎士の手間も省けるというものです」

さらりと言ってのけるフィオナがちょっと怖い。でも、これがきっとこの世界での常識なんだろうな。

江戸時代でもちょっと小銭を盗んだだけで打ち首とかされたみたいだし、刑罰の重さってのは国や時代でいくらでも変化するものだ。

「そうだな、全員生け捕りにしないと逆に殺人の罪に問われるなんてされちゃ、盗賊なんて相手にできないよな」

「え、もしかしてクロノさんのいた異世界では、盗賊を殺したら罪に問われるのですか？」

正しく盗賊と呼ばれる者は存在しないが……まぁ、強盗を返り討ちにした場合、正当防衛がきちんと立証されなければ罪に問われるかもしれない。

「ああ、そんな感じだ」

「そうなのですか……難儀な世界ですね」

酷く驚いた表情のフィオナ。なんか思わぬところでカルチャーショックを受けてるな。

色々と誤解もありそうなやり取りだが、日本についての正しい認識はその内話せばいいだろう。

「もうすぐだな、裏手のつり橋ってのは」

奇襲のアドバンテージはこちら側にある。それをわざわざ放棄して正面から堂々と乗り込んでいくメリットは無い。

もっとも、こちらも突発的な襲撃ではあるので、敵を欺く万端の準備を整えたというワケでもないのだが。

「起きろリリィ、馬を下りるぞ」

ここから先は馬では進めないほど狭い。下手に足を踏み外せば、崖下へ真っ逆さまといった具合。

まぁ裏道なのだから当然といえば当然か。

「ん、うー?」

俺の前でコックリコックリ船を漕いでいたリリィを揺すって起こす。

今は真夜中といえる時間帯。再び子供状態へと戻ったリリィにとってはオヤスミの時間である。

だが、これから盗賊のアジトにかち込みかけようというのだ。如何にリリィといえども心を鬼にして目覚めさせてやらねばなるまい。

「ほら、しっかりしろ」

「ふぁ～」

半目になって未だ夢見心地のリリィを抱きかかえて馬を下りる。

一応は自分の両足で地面に立っているが、なんだかフワフワした様子で俺の足に纏わりついてくる。見ていて非常に不安だ。

「目覚まし用ポーションでも飲ませましょうか？」

と、リリィの様子に見かねたのか、フィオナが帽子をゴソゴソやって内より一本の瓶を取り出す。

「シモンに飲ませたヤツか……」

「はい」

薬を作るとは何とも魔女らしい。だが、フィオナがやけに自信満々な様子を見てそこはかとない不安を感じるのは何故だろうか。

「どうぞリリィさん、これで一発覚醒です」

「ん、ふぁ～い」

俺の不安をよそに、リリィはフィオナから怪しい自作ポーションを受け取り、そのまま小さな口で飲――

――

「びやぁあああまじゅぃいいいいいいい！」

「り、リリィ!?」

涙目になってポーションを噴出すリリィ。どうやら俺の不安は的中してしまったようだ。

「フィオナっ！　私を殺す気っ!!」

「おはようございますリリィさん」

しれっとそんなことを言うフィオナに悪気が全く感じられない。

「何か私に言う事はないのかしら？」

口元を拭いながらギロリと睨みつけるリリィ、凄い迫力だ。

「クロノさんが困っていたようなので、早く起こした方が良いかと思って」

えっ、そこで俺の所為にするのかよ。

「くっ……仕方ないわね」

しかもリリィ納得してるし。

「あーなんだ、まぁ目は醒めた様だなリリィ」

「ええ、お陰様で」

何も一気に大人の意識まで目覚めさせなくても良かったのに、とは言わない。

「しかし、そんなに不味いのかソレ？」

「止めてクロノ、そんなことしたら死んじゃう」

いや、まだ飲むとは言って無いけど。

「失礼ですね、ちゃんと死なないよう成分調整してあります」

成分調整しなきゃ死ぬような代物なのかよこのポーションは。

だが、非常に気にはなる、一口くらいなら……大丈夫か？

「クロノ……」

興味本位でフィオナから新たな目覚ましポーションを受け取るが、リリィはまるで徴兵されて家を出て行く一人息子を見送る母のような眼差しを俺に向けてくる。

そ、そこまで覚悟がいるもんなのかよコレぇ……いや、ビビるな、一口なら大丈夫なはずだ、ええい、ままよ！

そして俺はポーションの瓶を一気に——

◇◇◇

敵襲をいち早く察知したルドラから報告を聞いたゴーレムの用心棒ガルダンは、愛用の戦槌《メイス》と大盾《タワーシールド》を手に館を飛び出して行った。

「スパーダのガキ共はまるで手ごたえがなかったからなぁ、今度こそ楽しませてもらうぜぇ！」

このクエストを請け負って以来、これといった強敵が現れなかったことに不満が燻《くすぶ》り続けていたガルダンは、この機会にこそ満足のいく相手と戦えることを願って道を急ぐ。ドスドスと重厚な足音を響かせながら、真っ暗な夜道を走りぬけていく赤い一つ目のゴーレムは、見た目に反して思いのほか速い。

基本的にゴーレムは樽のような体に手足を生やしたシンプルな形状をした種族で、人間や獣人の純粋な生物というよりも、妖精やスケルトンなどの魔法生物に近い分類である。

ガルダンのボディに輝く鈍い銀色の光沢は、メッキなどではなく、体の芯まで鋼鉄でできているアイアンゴーレムであることを示す。

「あー、えっとぉ、裏から館に近づくにはつり橋を通らなきゃいけねぇんだったよなぁ、なら――」

暗い林道を抜けるとその先には、数十メートルもの高さがある崖にかけられた、一本のつり橋が現れる。

館の裏手に回ろうとするならば、必ずこのつり橋を渡らなければならない。もっとも、天馬《ペガサス》のように空を飛べるのであれば話は別だが。

「――ここで待ってりゃあいいだけの話だぜっ！」

名案、とばかりに上機嫌な叫び。特に索敵などのスキルを持たないガルダンにとっては、必ず敵と接触できる地点があるというのは地の利と呼んでも良いほどのメリットとなる。

地を蹴って、ドスンとつり橋に着地するガルダン。ロープがギシギシと軋みを上げながら橋が大いに揺れる。つり橋は木造ながらもゴーレムの超重量には何とか耐えているようで、見た目よりも頑丈なつくりであることが窺い知れる。もっとも、彼と一緒に橋を渡ろうと思う者はいないだろうが。

鋼の巨体でつり橋を揺らしながら渡りきったガルダンは、その場でどっかりと腰を下ろし、敵の襲来を待つことにした。

そのまま微動だにせず構えたままであれば、その巨大な外観もあって威圧感も出たのだろうが、黙って待っていることが苦手なのか、手にするメイスや盾を弄ったりしてあまり落ち着きのない様子。

だが、幸いにもそんな退屈な時間はすぐに終わりを迎えた。

「へへっ、来やがったな」

煌々と赤い輝きを放つ大きな一つ目が、喜びに揺れる。暗い夜道の向こうから疾風のように駆けて来る二つの人影を、ランプのように光るガルダンの瞳が捉えた。

人影は新種の灯火《トーチ》なのか、飛び跳ねる大きな光の球を伴っており、少しばかり距離があっても見つけるのに難はなかった。今は互いの距離は数十メートルにまで迫ってきている。夜目の効かない人間でも姿を認識できる。まして多少の暗視機能があるガルダンの瞳ならば尚更だ。

「さぁ、このスパーダ最強の騎士となる最強ゴーレムのガルダン様が相手んなってやる、かかってこ――」

最大声量で発声器官《スピーカー》を震わせて名乗りを上げるガルダンだが、完全に台詞を言い終える前に攻撃の気配を敏感に察知し、咄嗟に大盾を構え、

「どわぁあああああああ!?」

構えようとした瞬間に、敵の攻撃が強《したた》かに鋼鉄のボディを叩いた。

だが、ガルダンは倒れない。受けた攻撃がどういう魔法なのか武器なのかは分からないが、小さく硬い粒のようなものが無数に撃ち込まれたということは分かった。

そして、その攻撃では自分の肉体を貫くことも砕くことも叶わないということも。

「テメぇ、人が名乗りを上げてる最中に攻撃すんじゃねぇよっ!?」

大きく仰け反った体勢から、足を踏ん張りながら戻しつつそんな怒号を飛ばす。

その時、すでに二つの人影は顔が確認できるほどの距離まで詰め寄ってきた。

見れば、相手は人間と思われる種族の男女二人組み。いや、よくよく見れば、飛び跳ねる謎の光の球は、どうやら小さな女の子である。

黒髪に黒紅色違いの瞳を持つ魔術士見習いのローブを纏う男。もう片方は、最近では滅多にお目にかかれない魔女ルックの女。どちらも種族は人間。

そして、光の球に包まれているのが、ワンピース姿の幼女。この子は一体何なのか。

怒りながらも、頭にハテナマークが浮かぶガルダン。きっと子連れの家族パーティなのだろうと一応の判断を下し、臨戦態勢をとる。

「思ってたより硬いな」

「天然の重騎士《アーマーナイト》ですね」

「面倒そうな相手ね」

戦意全開のガルダンを前に、呑気な感想を交し合う三人組にガルダンがキレる。

「こらぁ、人の注意無視してんじゃねぇぞ！　なに親子で仲良く語り合ってやがる！」

メイスを振り回して叫ぶガルダン。だが、叫び終えた声が山林に木霊していくだけで、後には夜の静寂だけが残った。

「なるほど、そう見えないこともないな」

「え、クロノさん、それってもしかして私が――」

「あーっ、ダメよフィオナ！　目覚ましポーションは許すけど、それを言うのは許さない！」

どうやら男の名前はクロノ、魔女の名前はフィオナ、というらしいことが明らかになったが、ガルダンにとってはどうでも良い、というより、怒りに燃えてそんなことを覚えていられる余地が、ただでさえ記憶力の悪い頭に残されているはずがなかった。

「ふ、ふ、ふざけやがってぇ！　マジメに勝負しやがれってんだこのヤロウ！」

「悪いが、急いでるんだ――」

だが次の瞬間、明確な反応がクロノから返って来ると同時に、その手にいつの間にか見慣れない武器が握られていることに気づいた。一見すると弩《ボウガン》のように見えるが、弦を張る弓のパーツがなく、ただ穴の空いた鉄の筒があるだけ。その形状からいって、筒から攻撃魔法でも飛び出す魔法具《マジックアイテム》だろうか。おおかた、最初に受けたのと同じ攻撃が発射されると察した。

あの程度の攻撃であるなら、特別に警戒する必要もない。

「――さっさと通らせてもらう」

バズンっ！　という爆音を轟かせて筒より放たれたのは、やはり攻撃魔法。だが、それが炎なのか雷なのか、属性の判別がつかない、ただただ硬いものが自分の胴体にぶち当たり、

「ぐはぁあああああ!!」

気づけば、自慢の巨躯が吹っ飛んでいた。つり橋の上にガシャリと音を立てて仰向けに倒れこんだガル

ダン。思わずメイスと盾を手放しそうになってしまったが、どうにか耐える。

（な、なんだ今のは……俺の鋼鉄の体が……）

見れば、己の鉄の胸板には思い切りハンマーで叩かれたかのような円状のひび割れが走っている。いや、ハンマーで釘を打ち込まれた、といった方がより正確だろう。

ゴーレムの種族特性として、人間のように痛覚を感じることこそないが、自身の肉体が明確なダメージを負ったことを示す強い痺れに似た感覚を覚える。

（くっ、コイツはちょっとばかしヤベぇ。何発も喰らえば俺でも体が砕けちまう）

だが、致命傷ではない。これほどの威力を発揮する攻撃、そう何度も使えるものではないだろうとガルダンは考え、未だ自分の勝利は揺るがないと奮起する。

「ぐはははは！　今のはなかなか効いたぜ！　だが、この程度で俺を倒そうなんて――あれ？」

叫びつつ、つり橋の上で起き上がると、そこにいるはずの三人の姿が忽然と消失していた。

「ど、どこに行きやがった!?」

左右を見渡すも人影はどこにも見えない。まるで彼らが幻であったかのようだ。

古来より幻術を扱うという狐のモンスターに化かされた気分になったガルダンだが、ふいに視界の上方が光っていることに気がついた。

「飛んでるだとぉ!?」

見上げれば、虹色に輝く二対の羽を広げる少女が、ローブ男と魔女を担いで悠々と頭上を飛んで行く姿が見えた。種を明かせば実に簡単なこと。だが、予測することなどガルダンにできるはずもなかった。

（なんだアイツは、さっきのガキか？　妖精？　こんなデケぇ妖精なんて聞いたこと、いや、そんなことより、何でいきなり成長してんだよ――）

予想外の相手の行動と、武器の届かない上空にあって、ガルダンは空を行く三人を呆然と眺めることしかできない。

しかし、その油断は致命的だった。ガルダンは相手に魔女がいる、つまり魔法を使って遠距離攻撃ができる人物がいることを、このタイミングで失念するべきではなかった。

「[illegible]――火炎槍《イグニス・クリスサギタ》」

頭上で長杖《スタッフ》を手にした魔女フィオナの意図を察した時には、もう全てが手遅れだった。迫り来るのは真っ赤に燃え盛る火炎の竜巻。それに対してガルダンは咄嗟に盾を構えることしかできなかった。

魔女の生み出した灼熱の嵐が吹き荒れる中、頑丈なだけが取り柄のガルダンはどうにか耐える。文字通り鉄壁の守備を誇るアイアンゴーレム。それも能力に恵まれたガルダンは、上級並みの攻撃魔法を受けても一発くらいならどうにかこうにか耐え切ることができた。

しかし、木とロープで作られたに過ぎないこのつり橋は、猛る火炎の渦に飲み込まれて尚、橋としての機能を維持することなど不可能。要するに、落ちたのだ。

橋を支えるロープがあっさりと焼き切れ、ガルダンは「あっ」と間抜けな声を漏らし、フワリとした浮遊感を経験した刹那の間をおいて、

「よくもやりやがったなこのヤロぉおおおおおおおおおおおおお！」


火のついたつり橋の残骸と共に、がけ下の渓流へ真っ逆さまに転落していった。きっと上空からその様を眺める三人組には、地獄へ落ちる罪人のように見えたことだろう。

ガルダンは赤い一つ目で、夜空に星のように輝く妖精の光を見つめながら、そのまま暗い崖下へ飲み込まれるように姿を消していった。

◇◇◇

宙に浮かぶリリィが、俺とフィオナを抱えたままゆっくり地面に降り立つ。内心、落っことされないかハラハラしていたのだが、流石に真の姿のリリィは馬力が違う。人間二人分の重量を難なく持ち上げ、運んでくれた。そういえば、リリィに空でお世話になったのは、ガルーダの巣に宝剣を取りにいった個人クエスト以来だ。

「ガルダンとかいうゴーレムは、聞いた通りのヤツだったな」

ザック曰く、ゴーレムの用心棒ガルダンは血の気が多いので説得に耳を貸すことはなく、武技を扱うわけではないが、種族特有の身体能力でパワーとタフネスだけは高い、とのこと。

「アレはマトモに相手をしていたら、時間を食いましたね」

魔弾を正面から喰らっても、ちょっと仰け反るくらいで済むほど頑丈だったからな。倒そうと思えば、二度三度と強力な攻撃を当てなければならない。

「上手くスルーできて良かった」

そんな面倒なゴーレムを労することなくご退場願えたのは、丁度良くつり橋があったからだ。一目見て思った。これは落とすしかないだろうと。

あのゴーレムも雇われ冒険者なワケだし、あまり殺す気はなかった。頑丈な彼なら数十メートルの高さを自由落下しても耐えられるだろう、たぶん、きっと、恐らく。

いや、こういう場合は「あの高さでは助かるまい」と言った方が良いのか。どちらにせよしばらく動けないくらいのダメージは確実に入っているだろう。

「銃の威力も実証されたし、有益な戦いだった」

クールに言うが、実は俺もシモンがプレゼントしてくれた銃があれほどの威力が出るとは思わなかった。せいぜいが『ブラックバリスタ・レプリカ』を使ったくらいの上昇効果だろうと思ったのだが、まさか二メートル超の鋼鉄の塊をブッ飛ばすほどとは。

専用の弾丸を使って撃てば十字軍の重騎士も大盾ごと粉砕できそうだ。ただ、弾丸は一発ごとにシモンが手作りしているので大量に用意できそうにないが。

「先を急ごう」

そうして、俺たちは再び夜の林道を駆け出す。目的地まであと少し、だが、俺たちが先を急いでいるのは何となくではない。明確に焦りを感じる理由があるのだ。

「しかし、ヤツらはどうやって俺たちの接近を察知したんだ？」

ガルダンがつり橋の前で待ち構えていたということは、その時点より前に俺たちが接近していることを盗賊側が知っていたということである。まず懸念すべきは、盗賊が逃走することだ。

「トラップに引っかかった覚えはありませんし、探知用の結界もなさそうです」

足を踏み込んだ者を探知するタイプの結界は、高度なモノだと侵入者に引っかかったことを悟らせないものもあるという。ただ、最初に殺した奴らのレベルを思えば、この盗賊団がそれほど高度な結界を展開する魔法具《マジック・アイテム》を所持、あるいは魔術士を雇えているとは考えがたい。

「見張りがいたんでしょう。たぶん使い魔《サーヴァント》ね」

リリィの言う可能性が最も高い。あの盗賊のようなヤツらが見張っているのであれば、気配で何となく察することができそうだが、そういうものはこれまで感じなかった。

警備に適した使い魔《サーヴァント》は、鳥なんかが代表格だ。そういうのを使われると、明確に敵意や殺意は感じられないので、こちらも気配を察知しにくい。なにより、それほど高等な使い魔《サーヴァント》でなくとも、その有効性はアルザス村で証明されている。ウィンドルを一匹二匹放つだけで、警戒範囲はかなり違ってくる。

ともかく、盗賊に逃げられれば完全な無駄足になるし、捕まった女子学生まで連れて行かれれば救出すらできないということになる。それだけは絶対に避けたい。

残念ながら、盗賊団に連れ去られた女性のほとんどは、元締めの奴隷商人の下へ送られてしまった後だと聞いた。館に残っているのは、全く、胸糞の悪くなる話だが、盗賊たちの慰みものとして残された女子学生含めた数人ばかり。

すでに手遅れといえる状態ではあるが、ならばこそ、できる限り早く救い出さなければならない。

「見えてきたな、あれがヤツらのアジトか」

つり橋から五分ほど走っただろうか。林の向こう側に、ようやく屋敷の外観が見えてきた。

盗賊のアジトにしては随分と立派なお屋敷であるが、金持ちの奴隷商人が所有するものだと思えば納得もいく。灯りはなく、夜の闇に浮かぶ大きな館は静けさしか感じられない。

やはり逃げたと考えるのが妥当か。だとすれば急がなければ——と思うが、俺は急ブレーキをかける様にその場で足を止めた。声をかけずとも、リリィとフィオナも同じように歩みを止めている。

そう、すでに俺たちは気づいている。そこに、敵が待ち構えていることに。

「出て来い」

「ふむ、中々に優秀な冒険者のようだ」

問いかければ、即座に男の声が返ってきた。一つの人影が、ユラリと木陰から現れる。

チラリと左右を視線だけ動かして窺うが、この男の他には誰もおらず、気配も感じられない。たった一人で現れるということは、恐らく、コイツが噂の手練れだろう。

「用心棒か、殿《しんがり》でも命じられたか？」

「如何にも、ここから先は一歩も通さぬ——と、言いたいところだが、どうやら私一人で全員を止めるのは無理そうだ」

ゆっくりと歩み寄ってくる男の姿が、リリィが纏《まと》う妖精結界《オラクルフィールド》の光に照らされ、夜闇の中にはっきりと浮かび上がった。

くすんだ金髪に、光のない淀んだ碧眼。その妙に痩せこけた顔と体のせいで、不治の病に侵された病人のような雰囲気である。やつれた細身を覆う黒いコート姿は、『復活の地下墳墓《リバイバル・カタコンベ》』に出没するアンデッドのよう。つまるところ、不気味の一言で済む容姿だ。

「なら、諦めてクエストを放棄しろ。お前の雇い主は犯罪者だ。このまま加担し続ければ、お前も罪に問われるぞ」

ガルダンには問答無用で押し通らせてもらったが、この男に対してはあまり有効ではない。ザックの言葉を信じるならば、ルドラというらしい用心棒最強の男は、ランク4以上の実力を有するという。

話し合いで解決できるなら、それに越したことはない。

「そんなことはすでに知っている。その上で言わせて貰おう、断る、と」

「なぜだ？」

「私の望みは強者と刃を交えること。故に、説得は無意味と知れ」

なるほど、戦闘狂って奴か。行動原理は単純至極だが、だからこそ面倒だ。

「私の雇い主を追うならば、さっさと行くが良い。ただし、最低でも一人は残ってもらうがね」

ルドラは腰に差した剣、あの形から言って刀か、その鞘に左手を当て、右手を柄に添える。素人目で見てもわかるほど見事な居合いの構えをとったルドラは、静かに殺気を放ち始めた。

本物の侍と相対したら、こんな気分になるのだろうか。かなりの緊迫感だ。

「リリィ、フィオナ、先に行ってくれ」

「承諾しかねます」

「ええ、三人で相手するほうが安全確実よ」

即答で拒否されてしまった……

「ダメだ、急がないと盗賊に逃げられる」

「ではリリィさんを」

「フィオナが行きなさいよ」

「救出が最優先。リリィ、フィオナ、二人で行くんだ。さっさと片付けて、戻ってくればいい」

相手は評判どおりの実力者と見受けるが、使徒並みでもない限り、瞬殺されない自信はある。いや、もうちょっと前向きに言えば、タフさには自信がある。

「……分かりました」

「無茶しないでね、クロノ」

渋々といった風だが、ようやく承諾してくれた。そうと決まれば、行動は迅速。リリィは少女状態に再変身。フィオナは移動系武技で、それぞれの高速でもってこの場を離れ盗賊の追撃に向かった。

「待たせたな」

未だ居合いの構えを崩さないルドラに対し、俺も『絶怨鉈「首断」』を取り出し構える。

「構わん。先に名乗っておこう、私の名はルドラ」

すでに知っている、などと無粋なことを言うつもりはない。

「俺は、クロノだ」

ここはただ、名前を返すだけでいい。俺も男だ、こういう時の礼儀は心得ているつもりだ。

「ではクロノ、いざ、尋常に勝負」

◇◇◇

クロノ、と名乗った黒いローブの青年が、己の影より長大な鉈を取り出し構えた瞬間、ルドラの背筋に悪寒が走る、と同時に歓喜の念を覚えた。

(素晴らしい、よもやこれほどの使い手と見えることができるとは)

クロノが手にする鉈は、漆黒の刀身に禍々《まがまが》しい真紅のラインが血管のように光っており、武器全体には常に赤黒い不気味なオーラが立ち上っている。攫《さら》ってきた村娘でも、これを見れば「呪いの武器だ」と言うだろう。

誰が見ても一目で「呪われている」と悟らせるほどの強烈な怨念を秘めている。それはすなわち、数ある呪いの武器の中でも、かなり上位にあたることの証左に他ならない。

(それも、完全に呪いを御している)

クロノは静かに大鉈を構えたまま、理性の光を宿す黒と赤の双眸《そうぼう》を真っ直ぐこちらへ向けている。呪いの武器を手にして、狂った者を相手にした経験は過去に何度かある。だが、正気のまま呪いの武器を扱う者は初めてであった。それも、あれほど強力な呪いの武器を。

一体どれほどの血を刃に吸わせたのだろうか。その数は十や二十では済まないだろう。なぜなら、自分もそうだったのだから。

(我が愛刀『吸血姫《きゆうけつき》「朱染《あかぞめ》」』も啜った血の量では負けぬぞ)

ルドラは笑みが浮かびそうになるのを抑えながら、

(一太刀で終わってくれるなよ)

音も無く、抜刀。

「朱薙《あかなぎ》」

刹那、鞘より解き放たれたのは、煌く白刃——否、真紅に染まる血の刀身であった。

「っ!?」

クロノの顔に驚愕の色が浮かぶ。その反応は無理もない。互いの距離は未だ数メートルはあり、ルドラが腰に佩《は》いた刀の長さを見れば、その場で振るって届かないことは一目瞭然。

だが、現実に刃は彼我の距離をゼロにし、クロノの体へ届かんばかりに伸びていく。

（啜った血を刃に変え、間合いを無にするこの一刀。さぁ、どう受ける）

速さに自信がある者は避ける。硬さに自信があるなら防ぐ。力量が足りない者は、例外なく上下に胴が別《わか》たれることとなる。果たして、クロノの対応は。

「赤凪」

鉈より振るわれる刃の色は、同じ赤。そして、同じ響きの名を持つ武技は、またしても同じように啜った血で構築された刃でもって迎え撃たれる。

交差する真紅の剣閃《けんせん》。

血でできているとは思えない金属質な音を響かせると、互いに赤い霞となって夜の闇に消え去った。

「まさか、同じ技を使うヤツがいるとはな」

（驚いた理由はそこか）

心底感心したような声をあげるクロノを見たルドラは、己の期待通り、いや、それ以上であることを確信する。

（ふっ、面白い。この男は、本気で斬り甲斐がある！）

ここ何年かは高ランクモンスター相手にしか尽くすことのなかった全力を、この呪いの武器使いの青年に出そうと決めた。それはすなわち、真の姿を相手に晒すという意味でもある。

「クロノよ、勘違いせぬよう先に言っておこう」

瞬間、ルドラの感覚は爆発的に膨れ上がっていく。

数メートル先までしか見えていなかった視界は、陽の光輝く真昼の如き明るさをもって周囲の景色を映し出す。血の刃が砕けるほどの音しか拾わなかった耳は、今や相対するクロノの鼓動すら感じ取ろうかというほど鋭敏に。草木と土の幽《かす》かな匂いをかぎ分ける嗅覚。空気の流れをありありと感じられるほどの触覚。そして、殺気、魔力、目で見えない様々な気配を感じ取る第六感。

世界そのものが広がっていくほどの超感覚。だが、クロノから見ればそんな内側の変化よりも、外に現れる変化しか分からない。

青い瞳の眼球は充血し白目が赤に染まり、歯の一部は獣人が持つような牙へと変形していく。多様な種族が存在するパンドラにおいて、ルドラの変化など人間とそう変わらない僅かなものであるが、だからこそ、人間にとってその些細な違いも際立つ。

真の姿。つまり、種族本来の姿をとったルドラを目にしたクロノは、それが何者であるのかを即座に悟っただろう。

「私のクラスはあくまで剣士、いや、刀を使う以上は『サムライ』と言うべきかな。故に、私の攻撃は全てこの刀一つ、魔法を使うことはない――」

なぜ、わざわざそんなことを言うのか。それは例えば、魔法に長けたエルフが剣のみで戦う、という宣言に近い。

「――つまり、吸血鬼《ヴァンパイア》の魔力を全て、武技に使うということだ」

◇◇◇

「吸血鬼《ヴァンパイア》か……」

これまで色んな種族を目にしてきたが、吸血鬼を見るのは初めてだ。充血した赤い眼球に、口から覗く二本の牙。なるほど、言われてみればそうとしか思えない姿である。

だが、そんなことより気にするべきなのは、吸血鬼という種族がかなり強力な身体能力を持ち得ているということだ。あの病人のようにやつれた体でありながら、人間を優に越える腕力を誇る。しかもその特性上、最も優れたステータスは魔力だ。

エルフに迫らんばかりの高いレベルで持ちえる魔力は、一般的に吸血鬼は魔術士クラスが多いとされる一因。だが、それと同時に併せ持つパワーもあって、総合的に見れば他の魔術士よりもずっと厄介だ。

そんな圧倒的な能力を誇る吸血鬼だが、これも自然の摂理なのか、個体数が絶対的に少数。故に街中でもあまり多く見かけることはない。

まさか、こんなところで敵として出会うことになるとは。ツイてないと言うべきか。

「参る」

だが、相手が鬼だろうと悪魔だろうと、俺に逃げるつもりはないし、向こうも許してはくれないだろう。ルドラはすでに、抜き放ったままの赤い刀身の刀を両手で構え、真っ直ぐ突っ込んできている。

「黒凪っ！」

踏み込みが早い。あの狂ったジョートを越えるほどに。

魔弾か魔剣で迎撃するよりも、そのまま手にする鉈を振るった方が早い、というよりも、それしか打てる手はない。

「朱一閃」

ルドラの刀は、呪いの鉈と同じようにオーラ、といっても血霞のような鮮やかな赤一色だ。それを纏い、どうみても普通の武器には見えない。

もしかして、コイツも呪いの武器なのか。

だとすれば、互いの武器に絶対的な性能差はない。勝負を決めるのは、互いの実力のみ——

ガキィインっ！　と、甲高い音を響かせ黒と赤の刃は互いに火花を散らしつつ弾かれた。

「くっ」

強い、というより重いというべきか。細身の刀身から繰り出される一撃は、バスターソード並みの大鉈の刃と拮抗するほどの威力だ。それでいて剣速は日本刀のイメージ通り、こちらを上回る速さと鋭さ。

純粋な剣術勝負になれば負ける。なら、俺が勝てそうなところといえば、パワーか。

人間の腕力を優に超える吸血鬼。だが、それは俺とて同じこと。すでにこの体は、人間を止めてしまっている。

「はあっ！」

武技を打ち合った直後だったが、互いに体勢はほとんど崩れず、そのまま近距離での斬り合いに続く。

「疾っ！」

黒い剣閃と赤い剣閃は刹那の間にいくつもの軌跡を描き、時にぶつかり合って火花と魔力を散らす。

体感的には永遠にも思えるほどだが、実際に時間は十秒も経ってないだろう。攻防の最中で即座に感じたのは、やはり剣だけでは勝てない、ということだ。

俺の繰り出す斬撃。回避されるのはまだいい。だが確実に相手の体を捉えた時、必ず刀でもって滑る様に受け流される。

この守りを押し切れるほどのパワーが、俺にはないのだ。恐らく、純粋な腕力では僅差で俺の方が上。だが、その些細な差などあっさり凌駕する剣術の腕前がルドラにはある。

そしてなにより、俺の体にはもう何度も際どいところを刃がかすめていっている。

ただの見習いローブに防刃性などなく、そのまま切り裂かれるのみ。しかし、グリードゴア対策で中に鎖帷子《くさりかたびら》を着こんでおいたお陰で、どうにかまだ無傷でいられるのだ。

もっとも、あと一センチでも深く斬撃を受ければ、単なる鉄製でしかない鎖帷子もあっさりと切り裂かれるだろう。流石、ヴァンパイアでありながら剣一筋というだけある。このまま斬り合いを続ければ、ヤバい一撃を喰らうのも、そう遠くはない。

だがしかし、これは剣術の試合じゃない。勝負は剣の腕だけでは決まらない。

「影触手《アンカーハンド》」

両手で柄を握りながらも、俺の手を包み込むもう一つの呪われた武器、いや、防具と呼ぶべき『黒髪呪縛「棺」』。

その手の甲の部分から黒髪の如き細さのワイヤーを作り出し、ルドラへ絡ませるように操作する。この高速の攻防の中では、強力な装備であるグローブの効果を使わなければ、鉈を振るうのと同時に魔法を行使するだけの思考と集中を割くことはできなかっただろう。

「むっ!?」

ルドラの反応は早かった。それが純粋な反射神経によるものか、それとも第六感によるものか、あるいは両方か、黒髪の呪いが襲い掛かるより前に、一歩飛び退いて間合いを脱する。

しかも、逃げただけでは終わらない。俺の次なる行動を防ぐべく、ルドラは刀を横に振りかぶり、

「朱薙《あかなぎ》」

間合いの外から一刀両断するべく武技を繰り出した。

「黒盾《シールド》」

だが、すでにして俺の身を守る盾の材料となる黒色魔力の繊維は目の前にあり、尚且つ、武技を放っための溜めを要した僅かな時間、それだけあれば、再び鉈を振るわずとも防ぐことができる。

俺の全身を覆い隠すほどの大きさ、およそ二メートル四方の黒い盾が、黒髪のワイヤーを編みこみ構築されると同時、先にも見た血の刃が届く。

鮮血の刃が硬質な魔力繊維を切り裂いていくが、完全に両断することは叶わず半ばで止まってしまう。

武技の発動が終わり、赤い刀身が霧散するのと同じく、黒盾《シールド》も切断面から急速に消滅していく。

「俺も一応、自分のクラスを名乗っておいた方がいいか」

だがこの一撃を止められただけで十分。すでに、反撃の準備は整った。それは、俺の姿を一時的に隠していた盾が消失したことで、ルドラにも見えたことだろう。

「俺は剣士じゃない――」

『絶怨銃「首断」』はすでに俺の手にはなく、その代わり、左手に『ラースプンの右腕』、右手には装填済みの『銃』。

そして、俺の体をぐるりと囲む幾千の弾丸の帯と、背後に翼のように浮かぶ十本の黒化剣。

「――『黒魔法使い』だ」

さぁヴァンパイアサムライ、俺の全弾発射《フルバースト》を受けてみろ。

◇◇◇

相手の実力を見誤った。凄まじい魔力の気配と、発動された魔法を目にした時、ルドラはそう己の迂闊さを省みた。

刀一筋に生きていこう。そう決めた遥か昔のあの時より何十年と経った今の今まで、それなりに研鑽を積んできたという自負はある。斬った人は数知れず、その中には当時の自分よりも格上と思われる強敵も含まれている。長年の戦闘経験を経て尚、自分はクロノという青年の実力を見誤ってしまったのだ。

(黒魔法使いだと？　くくっ、そんな装備で魔術士クラスを名乗る者など、初めて見る)

それでいて、並みの戦士を越える剣技を誇り、なにより呪いの武器を使いこなしているのだ。狂戦士《バーサーカー》には見えても、魔術士にはとても見えない。

だが、現実にクロノは魔法を使って見せた。剣士クラスが補助的に覚える強化魔法などの類ではなく、相手を殺すための攻撃魔法を。

左手にする赤い刀身の山刀《マチェット》には黒い炎が灯り、右手には『銃』と呼ばれる珍しいタイプの魔法の杖。体の周囲に浮かぶ無数の黒い弾丸と十本の黒い長剣は全てこちらを向き、今にも襲い掛からんと魔力を迸らせている。

どれもこれまで見たことのない、不思議な魔法。恐らく原初魔法《オリジナル》なのだろう。それらが秘める殺傷力を、肌で、直感で、ひしひしと感じられた。

(良いだろう、受けて立つぞ、クロノ！)

そうして、ルドラに向かって黒魔法がついに解き放たれる。

「魔弾《バレットアーツ》・全弾発射《フルバースト》」

最初に動いたのは、無数の黒い弾丸。暗闇とは異なる黒光りする閃光と共に、轟音を響かせて真っ直ぐルドラに向かって撃ち出される。

だが、それは作り出した弾丸の全てが同時に動き出すのだ。まるで黒い壁が迫ってくるかのようで、つまり、逃げ場がない。

「硬身っ！」

避けられない以上は、防ぐしか方法はない。吸血鬼の強靭な肉体の上に、体内で練り上げた魔力を纏い、全身を硬質化する防御系武技『硬身』を併用しダメージに備える。

無論、ただ正面から受け止める愚は冒さない。頭部や心臓などの急所をカバーするように、刀でもって高速で飛来する弾丸を受け流す。

矢の雨を受けても全て弾き返す自信のあるルドラだが、弓矢を放つだけでは到底実現できない密度の高い弾幕を前に、急所に当たらないよう捌《さば》くのが限界であった。肩や横腹、脚などに鋼鉄のように硬い弾丸をかすらせながらも、肉体と武技のお陰で何とかダメージを受けずに防ぎきる。

「貫け、魔剣《ソードアーツ》」

弾丸が発射されてから、着弾するまでの僅かな間をおいて、即座にクロノの追撃が行われた。今度は浮遊する十本の剣が、弓から放たれたような勢いでもって飛んでくる。

「百里疾駆」

だが、弾丸のカーテンはすでに通り過ぎた。盾を持つ騎士や戦士のように防御特化ではない侍のルドラからすれば、攻撃の多くは回避するに限る。すでに両足には新たに練り上げた魔力によって、常人から見れば瞬間移動に等しい高速を宿す武技が発動している。

達人級の武技『百里疾駆』は、たかだか十本程度の射線から脱することは容易《たやす》い。だが、クロノの攻撃がただ剣を飛ばすだけ、などという、芸のない魔法であるとルドラは安易に考えなかった。

（自動追尾――いや、直接操作か）

吹き抜ける疾風のように林の間を駆け抜けるルドラだが、放たれた剣は背中を追いかけるように、あるいは先回りするように、十という数を生かして包囲するように宙を泳ぐ。

ルドラは高速移動するそのままの勢いで、まずは前方に回りこんだ三本の剣に向かって刀を振るった。

目前に迫る剣は頭、胸、腹、をそれぞれ狙う縦に並んだ配置、

「朱一閃」

軽く地を蹴って飛ぶと同時に、刀を真っ直ぐ武技の威力を持って振り下ろす。流石にこの十本の剣は呪いの武器ではなく、魔力を付加《エンチャント》しただけのもの。『吸血姫「朱染」』の真紅の刃にかかり、黒い魔力と破片を撒き散らして両断された。

「疾っ！」

狡猾にも着地のタイミングを見計らったように、背後と左方から新たな剣がそれぞれ三本ずつ飛来。

ルドラを交点に二方向から迫る剣に対し、今度は純粋に剣の受け流しと体捌きで対処する。両断とまではいかないが、受け流し、あるいは弾くと、剣を覆う黒い魔力のコーティングが剥がれ、一瞬だけ鋼が煌いた。

（黒色魔力の付加《エンチャント》が剥がれれば、操作不能になるのか）

一本だけ強《したた》かに弾《はじ》いた剣は、一気に半分ほどの魔力を散らすと、そのまま浮力を失ったように地面へ突き立ったまま動かなくなる。他の剣は、回避されれば急旋回し、再び襲い掛かってくる。なんと地面や木に刺さったものさえ独りでに抜け、すぐに戦線復帰する様は僅かながらルドラを驚かせた。

(厄介な魔法だ。全て壊さねば狙われ続けるか)

脳天目掛けて頭上から落ちてくる十本の内の最後の1本を回避し、地面に突き刺さった剣が抜ける前に刀を一閃し叩き折る。

あと何秒もしない内に、壊し損ねた剣が再び自分目掛けて飛来するかという時、つい先ほど聞いた魔力の弾ける轟音を聞いた。

「魔弾《バレットアーツ》・掃射《ガトリングバースト》」

『銃』という魔法の杖から黒い閃光を連続的に瞬かせ、地を抉《えぐ》るようにして弾丸が襲い掛かってくるのを目と耳と肌で感じ取った。

(なるほど、連射もできるのか)

黒い一本線のように見えるほど、超高速の連射で撃ち出される黒い弾丸は、その勢いと発射の轟音も相《あい》俟《ま》って、まるで嵐のようである。

(防ぐか、いや、連続攻撃なら避けるより他はない)

一斉発射を防ぎきった『硬身』だが、発動時間は短く、攻撃を受ければ身を守る魔力のコーティングは削れ、さらに短くなってしまう。最初の何十発かは防げても、次の弾を防ぐことは叶わないと即座に理解。

そして、如何に強靭な吸血鬼の肉体といえども、これほどの威力の攻撃を何十何百と喰らえばあっという間に戦闘不能になるだろう。

故に、回避。幸いにも、全弾発射《フルバースト》よりかは、まだ連射される方が避けやすい。

もっとも、この黒い弾丸だけでなく、背後からは残った剣が再び狙いを定め動き始めている。

未だ『百里疾駆』の効果を宿す俊足で、クロノを中心に円を描くような軌跡で走り、回避に専念するが、このままでは埒があかない。

（攻撃が途切れるのを待つよりも、仕掛けた方が良いな）

魔術士を相手にする場合、先に攻撃魔法をやり過ごしてから反撃に転じる、後《ご》の先《せん》の戦術は有効だ。基本的に、魔法は詠唱や儀式を介して発動させるため、剣を振るのに比べれば攻撃の発生は圧倒的に遅い。

無論、そのデメリットを補って余りある強力な力が魔法にはあるのだが、逆に強力であればあるほど発動には時間がかかるもので、外した時のリスクは飛躍的に増大する。

だが、そのセオリーは今あっさりと覆されてしまっている。クロノの初手である弾丸の同時発射は、普通の魔術士ならば、これの後に新たな攻撃をするには数秒の詠唱を要するだろう。

だが、間髪いれずに飛んでくる十本の剣。しかもこれは全て壊すまで敵を狙い続ける厄介な継戦能力を持っている。それと同時に行使するのは、弾丸の連続発射。

これがどれくらいの時間発射していられるのかは分からないが、十秒や二十秒で弾切れを起こすとはどうにも思えなかった。

もし、魔術士が途切れることなく攻撃魔法を撃ち続けることができたなら、永遠に後の先は成立しない。

あえて言うなら、ルドラが初手をやり過ごした後、回避に専念するという選択は誤りであった。もっとも、それはクロノの魔法を体感した今だからこそできる反省だが。

(弾を何発か喰らうのは、覚悟せねばな)

すでにして無傷で勝利できるほど、甘い相手ではないことは重々承知。むしろ血みどろにならねば勝てないほどの強敵こそ、望むべき者。

クロノに対し回りこむように走っていたルドラは、一転、真っ直ぐ向かっていく。

残像を伴うほどの高速で、左右にブレるような回避運動は、ほとんどの弾丸を避けていくが、やはり正面きって突き進むと断然命中率が上がってくる。

(頭にさえ当たらなければ、どうとでもなる)

ルドラとて防具に無頓着なワケではない。身を守るに相応しいものを装備している。

この一見するとボロいだけの黒コートだが、『黒鉄織り《くろがねお》』と呼ばれる魔法の金属繊維を編込んである、魔法防御を宿す立派なハイグレード防具だ。クロノが放つ、魔力を高密度で押し固めた弾丸を正面から受けても、貫かれない程度の防御力はある。

(このまま押し切――――)

「黒炎《ヘルフレイム》」

クロノが左手に持つ赤い山刀《マチエット》を一閃。轟々と猛る黒い炎が眼前に広がった。

ルドラの視界一面には、暗黒の高熱が映る。受けるには少々、危険な攻撃。

（押し切るっ！）

しかし一瞬の躊躇もせず、そのまま突っ切ることを選択。黒き灼熱の渦へと身を投じる。

「ぐううっ！」

肉体を苛《さいな》む火炎の痛み。多くの種族は全身火達磨になる激痛には耐えられないだろうが、吸血鬼の生命力ならば、やってやれないことはない。ルドラの動きを今すぐ止めるには、少しばかりこの炎では火力不足だったようだ。

地獄の業火を潜り抜ければ、もうクロノまでの距離は五メートルもない。この勢いのままあと一歩踏み込めば、刃の届く間合いに至る。

しかしながら、その逸《はや》る心をこのタイミングで制御しきったルドラは、流石と呼べるだろう。

（やはり、ここで仕掛けてきたか）

黒い炎で視界を塞ぎ、それを潜り抜けた瞬間、つまり今、この時、クロノはさらなる攻撃に出た。

右手に持つ『銃』は真っ直ぐこちらを向いているが、いつの間にか弾丸の連射が止んでいる。無骨な鉄の銃身が、黒々とした銃口を晒しているのみ。

と同時に、ルドラの背後から壊し損ねた剣が向かってくる気配を察した。

バズンっ！　と、爆音と呼ぶべき強烈な轟きと閃光が、ルドラの目の前で弾ける。

この至近距離において、銃が火を噴くだろうというのは予測していた。

「きぃえええええ――」

分かっていれば、ルドラの腕前で、迎え撃つのは不可能ではない。

銃口から僅か五メートルほどの距離だが、裂帛《れっぱく》の気合と共に振るわれた刃は、迫る二つの弾丸を確かに捉えた。幸運だったのは、この弾丸が爆発などの追加効果を持たない、目標を貫くことだけに特化したシンプルな攻撃力しかないことであった。

ひたすらに直進するしかない弾丸は、吸血鬼の超人的な反射神経と直感でもって捕捉され、手にする刀で進行方向を逸《そ》らされる。大きな弾丸へ、斜めに斬り込む刃によって、滑るように飛んでいく方向がズレた。

ルドラの胸のど真ん中に当たるはずだった弾は、わき腹をかすめるように軌道を逸らされ、『黒鉄織り』のコートと肉体を僅かに抉《えぐ》り、少しばかりの出血を強いるに留まった。

弾丸を弾いた直後、背中に向かって飛んでくる剣に対処するべく、ルドラは刀を振るった勢いのままその場で反転。

「――ぇえええいっ！」

迫る剣を、一閃で全て叩き落す。敵の眼前で、一瞬とはいえ背中を晒すように一回転するのは致命的だったが、一歩踏み込まねば鉈の刃は届かないギリギリの間合いと、吸血鬼の運動能力の限界を突破した超高速の反転は、クロノが攻撃するに足る隙にはならなかった。

事実、再び前へ向き直ったルドラに対し、クロノの刃が振るわれることはなかったのだから。

クロノは銃を撃った時と同じ体勢、半身になって銃を握る右手を突き出した格好のまま。

かくして、ルドラはクロノを仕留めるべく、そのまま攻撃に移った。

(我が最強の武技でもって、決めさせてもらう)

武技は魔法と違って、発動に要する時間は短い。先の『硬身』のように溜めを必要とするものもあるが、だからといって威力の高い武技に、必ずしも溜めが必要になるとは限らない。

その武技は、これまで数えることすら無意味に思えるほど刀を振るった鍛錬の末に身につけた、ルドラにとって必殺技と呼ぶべきもの。

必要なのはただ己と刀のみ。魔法のように長い詠唱も高価な触媒も特別な儀式も必要としない。

故に、その発動は最速にして、威力は最強。

愛刀はいよいよ鮮血に似た不気味な赤いオーラを激しく迸《ほとばし》らせ、ルドラの求めに応える。それはつまり、刀にとって唯一にして絶対の『斬る』という機能を極限まで追い求めた武技である。

「――斬天朱煌!」

天を斬る朱い煌き、その名の通り虚空に朱色の輝く軌跡を描きながら、敵を一刀両断するべく必殺の武技が放たれた。

◇◇◇

黒魔法の遠距離攻撃を潜り抜け、ようやく到達した必殺の間合い。この時、必ず武技を使うと思った。

事実、繰り出されたのは『朱薙』以上に強力な武技だと一目で分かる魔力の気配を放っている。そのまま喰らえば『黒盾《シールド》』ごと一刀両断される。『絶怨鉈「首断」』で防いでも、防御系武技と併用でもしなければ勢いのまま弾き飛ばされ、二の太刀を喰らうことになるだろう。

無論、武技の発動を目で見てから、回避に移る余裕などありはしない。結局、俺に残された手段は防御の一手のみ。だが、その防ぐに相応しい手段がない……そう、ルドラは思っただろう。

だが、魔力を源に発動させる武技だからこそ、防御に真価を発揮する武器を俺はすでに持ち得ている。

「喰らえ――」

左手に握るのは、黒い炎を宿す赤い山刀《マチエット》――ではなく、モンスターの牙をそのまま用いた無骨な造りの大剣。

あらゆる魔力を吸収する固有魔法《エクストラ》を持つ、かつての仲間が愛用した『牙剣「悪食」』は、今や無念の死を遂げた怨念を宿す『餓狼剣「悪食」』として俺の手にある。ありがたく使わせてもらうぞ、ヴァルカン。

「――『悪食』！」

ルドラの武技『斬天朱煌』を受けるべく、巨大な刀身を盾代わりに構える。

復讐と魔力に餓えた牙の刃と、鮮血のようなオーラを纏った真紅の刃がぶつかり合う。

「――なにっ⁉」

よほどこの武技に自信があったのだろう。ルドラが驚愕に目を見開く。

大剣とはいえ、左腕一本だけで構えたのだ。俺の腕力を持ってしても、難なく弾き飛ばすほどの威力はあった。

だが、悪食能力によって触れた先から魔力を吸収され、刃に宿っていた魔力は加速度的に減少。結果、本来発揮されるべき威力を大幅に減退させた。

つまり、ルドラの振るった刀は、牙の刃へ少しばかりの切れ目を入れるに留まり、俺の体を斬り飛ばす前に止まってしまった。完全に攻撃を防ぎきった。さぁ、次は今度こそトドメを刺すための反撃だ。

「ふんっ！」

左腕に持つ大剣を振るうと同時に、ルドラは素早く刀を引いた。必殺技を止められ、驚く中でも冷静に反応するのは賞賛に値する。

けれど、ここで先に攻撃するのは『餓狼剣「悪食」』ではない。

「破っ！」

撃ち終えた銃を足元に広げた『影空間《シャドウゲート》』へ放り捨て、入れ替わりに呼び出した新しい武器が、すでに俺の右手には握られている。

それは、この暗闇の中でも神々しい白銀の輝きを放つ『聖銀剣《ミスリルソード》』だ。

『吸血鬼《ヴァンパイア》』という種族は、つまるところアンデッドの同類である。故に、白色魔力を宿す聖銀《ミスリル》は弱点たりえる。

武技を使うほどではない。僅かでもルドラの体にこの聖なる刃で傷をつけられればそれで良い。

虚空をなぞる白い軌跡から逃れるように、ルドラは大きく首を仰け反る。剣を振るった右手に手ごたえはない、だが、

「ぐわぁあああああっ!?」

どうやら、切先がほんの僅かだが届いたらしい。

ルドラの頬には一筋の短い線が血で引かれている。ジュッ、と肉が焼けるような音と僅かな煙が傷口から吹き上がる。

聖銀《ミスリル》で負った傷は、強靭な生命力を持つ吸血鬼でも、あまりの苦痛に呻くほどのようだ。ルドラは反射的に、左手で傷口を押さえるような仕草をとってしまっていた。

そして、それはこれ以上ないほどの致命的な隙となる。

瞬時に右手から『聖銀剣《ミスリルソード》』を手放し、『餓狼剣「悪食」』の柄を握り両手構え。武技を放つなら、やはり呪いの武器に限る。

「黒凪っ！」

狙うは、首。胴体は魔弾を防ぐほど硬い守りを誇るコートに覆われているので、もしかすれば防がれる可能性がある。致命傷を与えるならば、素肌が出ている場所が良い。

鉈と同じく赤黒いオーラを噴出しながら、悪食の刃はルドラの病的に青白い首へ向かって疾走する。

「くっ、おぉおおおおおお!!」

だが、ルドラは気合で苦痛を押し殺したように、崩れかけた体勢を大きく一歩踏み出して立て直す。

同時に、右手一本で握った刀が動く。

この体勢で受ける気か？　無駄だ、今のルドラはさっきの俺と同じ立場にある。片腕で構えた刀で武技を受け止めきれるはずがない。刀を弾き飛ばす、いや、そのまま刀ごと断ち切る勢いで、渾身の武技を叩き込む。

「っ！」

僅かながらの手ごたえを両手に感じると同時に、

「ぐ、はぁああ！」

俺は苦悶の声と鮮血を吐き出した。

見れば、腹部には黒化した鎖帷子を貫通し、真紅の刃が突き立っている。

そして、俺を刺した刀を握るルドラには、すでに頭がなかった。

「くっ……なんて執念だ。防御より、攻撃を選ぶとは」

ルドラは俺の攻撃を喰らう最後の瞬間、ただ刀で真っ直ぐ突きを放っていた。

俺の武技は完全に首を捉えていた。そんなことは分かっていたはずだろう。それでも、この男は攻撃することを選択したのだ。命と引き換えに一太刀浴びせることを望むとは、なるほど、これが戦闘狂ってヤツか。

「ああ、ちくしょう、この呪いの刀め……主を失っても、血は吸うのかよ」

腹に突き刺さったルドラの刀が、ドクンドクンと脈動するような感触と共に、傷口から凄い勢いで血を刀身が吸収していくのをはっきりと感じた。血を吸う刀とは、吸血鬼が持つに相応しい妖刀だな。

このまま刺さりっぱなしでは、あっというまに失血死だ。そうでなくとも、ガンガン血を吸われる感覚にビビって、俺はもう反射的に刀を腹から抜き去り、そのまま茂みの向こうへとぶん投げた。

「なんとか、勝ったな……」

後に残されたのは、前のめりに倒れこんだ、ルドラの首なし死体だけ。首を切断された当然の結果として、夥《おびただ》しい量の血液が草と土の地面を赤に染めていく。その赤には、ついでに俺の腹から吹き出る血も混じってしまっている。

腹部は結構深く刺されている上に吸血もされたが、これだけで死ぬようじゃ、俺は機動実験を生き延びることはできなかった。とりあえず、俺が持ちえる唯一の治癒魔法『肉体補填』によって、ゼリー状の黒色魔力で、即座に傷口は塞いでおく。ちゃんとした治療は、後でリリィにしてもらおう。

「俺も、急いで屋敷の方に行かないとな」

こちらの勝負はついた。俺は『餓狼剣「悪食」』と一旦放り投げた『聖銀剣《ミスリルソード》』をさっさと回収。大丈夫だとは思うが、万が一に備えて早くリリィとフィオナの方へ合流しようと走り出す——その前に、俺は振り返ってルドラの死体を見た。

思えば、敵でもなく、憎くもない相手を殺すのは、随分と久しぶりな気がする。いや、殺しを強いられる機動実験とは状況が違うだろう。俺はルドラとの戦いを、避けようと思えば避けられたはずだ。

盗賊討伐を諦めて道を引き返していれば、俺はこの男を殺すことはなかっただろう。俺は、自分だけの意思で一人の男を殺したのだ。

冒険者同士なのだからよくあること、珍しくも何ともない。そう言えばそれまでだし、俺自身もかなりその理屈で割り切れているところがある。

けれど、それだけで納得の行かない部分というのも、確かに心の隅にあるのだった。

「良い勝負だった」

だから、真剣勝負をした、という誇りで補うしかない。

ルドラは自分の意思で戦いに臨み、俺もそれに応えた。その結果にもたらされた死は、決して無意味なものなんかじゃない。

「じゃあな、ルドラ」

そうして、俺はもう振り返らずにその場を後にする。それは不思議と、悪い気分ではなかった。

◇◇◇

クロノの勝利を疑わないリリィは、自分がするべきことを成す為に、盗賊のアジトである館へ踏み込んだ。

ルドラという剣士は強い。だが、クロノを殺せるほどではないと、リリィは察していた。心配していたのは、クロノの敗北ではなく、負傷の方である。愛する男の、傷ついた姿は見たくはない。

しかし、クロノ自身が怪我を厭わず、頼むと言うのであれば、任されるべきであろう。

「期待には、ちゃんと応えないとね」

リリィは真っ直ぐ、地下室へと向かう。広い屋敷だが、凡《およ》その位置はすでに『聞いた』ので、迷うことなく下りの階段を発見した。地下へ通じる階段の灯りは消えており、さながら奈落へ通じる穴のような黒々とした闇が広がっている。

だが、真の姿である少女へと変身し、一対の羽からは眩《まばゆ》い光が発せられているので、リリィの周囲は煌々と照らし出され歩みを進めるに不自由はない。そのまま危なげなく階段を下りていくと、すぐに分厚い木の扉が見えた。

手をかけてノブを捻るも、当然のように施錠されている。だが、ただの施錠では全く障害たりえない。

リリィは繊細なガラス細工のような手のひらを翳すと、そこへ光が収束し、ボンっ！　と音を立て、次の瞬間にドアノブは消滅した。もしフィオナが開錠していればドアごとぶっ飛んだことだろう。そんな想像をしながらリリィは扉を開いた。

「……最悪、モルジュラの巣よりも臭い」

部屋の奥から漂ってくる臭いに、リリィは細い眉をひそめる。獣染みた生臭い残り香は、この場所で如何なる行為がなされていたかを瞬時に想像させる。

だが、ここで立ち止まっていても仕方がない。リリィは少しばかり不快な表情をするだけで、そのままさっさと歩みを進めた。

冷たい石のタイルが敷き詰められた壁面に、部屋の一角を遮るようにはめ込まれた鉄格子。リリィが直接目にするのは初めてではあるが、ここが牢屋であるということは即座に理解できた。

この地下牢はそれなりの広さがあり、その分、牢屋も大きく、かなりの人数が収容できそうだ。

しかしながら、鉄格子の向こうはほとんど無人。今はその広さを有効利用されてはいない。ということは、まだ何人かはこの冷たい地下牢に捕えられたままだということだ。

「うぅ……」

鉄格子の向こうで、白い裸体が蠢いた。動いたのは一人だけ。他の者は石畳に直接引かれたマットの上で、薄汚れたシーツのような襤褸切《ぼろき》れを被り、身を寄せ合うように横たわっていた。

思えば今は真夜中である。男が出入りさえしなければ、彼女達が就寝しているのは当然の時刻。

「だ、誰……」

マットから身を起こしたのは、淡い緑の髪をした少女だった。上半身が露わになっているが、胸元を隠そうともしないのは、自分の前に立つ人物が女性であると分かったからか、あるいはこの場においてその行為が全くの無駄であるからか。

少女は虚ろな目で、鉄格子の向こうからリリィを見つめた。逆にリリィからも少女の姿はよく見えた。

少女の体には殴られた跡があり、特に左の頬が腫れ上がっているのが痛々しい。明確な暴行の跡を見れば、多くの人は口を揃えて「酷い」と言うだろうが、リリィの感想は「思ったよりもマシな状態」というものだった。

どうやら、盗賊達は女を抱くだけで満足する真っ当な趣味であるようで、殊更に猟奇的な者はいなかったようである。流石に、リリィも四肢を切断されたのを元に戻すことはできないのだから。

とりあえず、自分だけでなんとかなることを確認したリリィは、少女の誰何《すいか》に応えず、懐から取り出した鍵を鉄格子の扉へ差し込んだ。

ガチリ、と開錠の音がやけに大きく響き、次には錆びた蝶番がこすれる不快な音が耳に届いた。

「あ……助けて、くれるの……？」

少女から、どこか震えるような、だがかすかに期待の混じった声が出る。

牢屋へと踏み込んだリリィは、そのまま少女の前まで行くと、優しく微笑みかけて口を開いた。

「ねぇ貴女、食事はちゃんととっているかしら？」

その問いに、少女はどこか唖然とした表情で固まる。無理もない、この状況を思えば、とても出てくるとは考えられない質問である。

だが、リリィにとっては、一応ここで聞いておかねばならない最低限の確認事項だ。

「答えて」

「え……は、はい……」

肯定の言葉にリリィは満足そうに頷く。もっとも、答えを聞かずともおおよその見当はついていた。

少女の体には暴行の跡こそあるが、特にやつれた様子は見えない。体にダメージは溜まっていない、あるのは疲労と精神的な傷のみ。

彼女達の使い道を考えれば、最低限度の健康は維持してもらわねば困るのだろう。骨と皮だけの女を相手にするのは、彼らとしても願い下げに違いない。

「あ、あの……それ、は……」

「ん、コレ？」

質問の答えを聞いたリリィは、早くも次の行動に移っている。それは、右手に光り輝く一本の針を己の固有魔法《エクストラ》で作り出すことだった。針と呼ぶには少し長く、太い。細めの杭と呼んだ方がいいだろう。

それを目にした少女は一転、怯えるような声音で尋ねる。その針が何なのか、いや、その針で何をしようというのかと。

「大丈夫よ、痛みはないし——」

リリィは優雅な微笑みを浮かべたまま、手にする極太の長針を振り上げる。少女の目は恐怖に大きく見開かれ、すでに枯れて久しいはずの涙が溢れ出ようとしていた。

「——すぐに忘れるわ」

そして、振り下ろされる針は、そのまま真っ直ぐ少女の脳天に深々と突き立った。

◇◇◇

俺が待ち合わせ場所である屋敷の正面玄関までやってくると、そこで待っていたのは、フィオナ一人だった。

「クロノさん、お疲れ様です」

「ああ、そっちもな。リリィは？」

「リリィさんは、捕まった女性達の看護です」

「そうか、無事に助け出せたか」

これでようやく一安心。わざわざ、盗賊討伐に来た甲斐があったというものだ。

「早くリリィの手伝いに行った方が良いんじゃないか？」

「クロノさんは行かない方がいいでしょう」

言ってから後悔する。男から散々酷い目にあわされたのだ。

「スマン、そうだな」

こういう時、俺は無力だな。治癒魔法を使えるわけでもないし、リリィには頼り切りか。

「そうだ、盗賊はどうしたんだ？」

ネガティブに考えるよりも、今は自分でできることを探すべき。もし盗賊が散り散りに逃げ出したというならば、追撃するくらいは俺でもできる。

「盗賊は……全員殺しました」

「そうか。一人くらいは証人として、生け捕ったほうが良かったんじゃないのか？」

「激しく抵抗されたので、止むを得ませんでした」

まぁ、それも仕方ないか。盗賊行為で捕まれば死刑は確実。大人しく投降したところで、未来はないのだから、死に物狂いで抵抗するのも当然だろう。

「クロノさんは、イスキア村に盗賊討伐の報告と、女性の迎えを寄越すよう伝えて欲しいのですが」

「ああ、そうだな」

馬車のない俺たちでは、複数人の女性をイスキア村まで届ける手段はない。歩いていけというのも酷な話だ。ここはリリィとフィオナに女性の世話を任せて、俺はさっさと救助の報告に向かうのが一番。

「けど、コイツらの仲間、というか増援がこっちに来たりしないか？」

「大丈夫です。この辺にいるのはやはり彼らで全員だと聞きました。ボスである奴隷商人はスパーダにいるようですし、今すぐ手を回されることはないでしょう」

それなら大丈夫だな。盗賊が全滅したならば、ボスに知らせる者は一人もいないのだから。

「ん、全滅したなら、その情報は誰に聞いたんだ？」

「そ、それは……盗賊の一人を捕まえて聞きました」

「一人は生け捕りしたのか？」

「聞いた後に、舌を噛んで死にました」

自殺か、まぁ気持ちはわからないでもない。

「それじゃあ、俺は今から村に向かうよ。リリィには、よろしく言っておいてくれ」

未だ夜明けまでは遠いが、夜目の利く俺なら道を進むのにそれほど苦労はしない。

そうだ、つり橋の前で留めて置いた、愛馬のメリーとマリーも迎えに行かねばならんな。すっかり走っていくつもりだったぞ俺は。

「はいクロノさん、行ってらっしゃい」

待ってろよ、明日の朝には迎えが来るよう手配するからな！

◇◇◇

「はいクロノさん、行ってらっしゃい」

疾風の如く走り去っていったクロノを、見えなくなるまでしっかりと見送ったフィオナは、

「ふぅ、何とか誤魔化せましたね」

頬に一筋の冷や汗を流し、安堵の息をついたのだった。

今夜最大の山場を乗り越えたフィオナはいつもの無表情に戻ると、背後に鎮座する両開きの重厚な正面玄関の扉を開け放った。ギィイ、と僅かに軋む音をたてて開かれた先には、来客を迎え入れる広い玄関ホ

ールが広がっている。正面には二階へ続く大きな階段があり、左右には何とか先が見えるほどの長い廊下が続いている。館の造りとしては、よくあるオーソドックスなものだと言えるだろう。

ホールへ入ったフィオナは、そんな珍しくもない洋館の造りになどまるで興味を示さず、ただ、大理石の床の中央で蠢く人影に冷めた金色の瞳を向けた。

「ん、んーっ！」

そんな、くぐもった呻き声のようなものがフィオナの耳に届く。何と言っているのかは分からないが、何を言おうとしているかは、この状況を思えば誰でも察しがつくだろう。

縄に縛られ猿轡を噛まされた、完全に捕縛状態にある盗賊たち。彼らが口にするのは、罵倒か命乞いの台詞以外にはありえない。

「こっちは終わったわよ、フィオナ。それでクロノは？」

手足を縛られ芋虫のように転がる男たちがしきりに呻き声と荒い呼吸音を発する中で、鈴を転がしたような美声が響く。無論、声の主はリリィ。だが、先と違って姿はいつもの子供に戻っている。

「予定通りです」

「貴女のことだから、変に口を滑らせるんじゃないかと心配していたのだけれど」

「何を言ってるんですか、リリィさん。私の巧みな話術にかかれば、クロノさんはイチコロです」

「ちょっとどもってたわよね？」

それきりフィオナは押し黙った。

「さて、それじゃあ仕事に取り掛かりましょうか。時間は一晩もないんだし」

どこか不敵な笑みを浮かべるリリィに、フィオナは頷いて同意を示す。

「まずは――」

そうして、リリィはようやく床に転がる盗賊達の方を向いた。円らなエメラルドグリーンの瞳に映る男たちの顔は、一様に恐怖と不安の色が浮かんでいる。

すでにして、誰もこの妖精が見た目通りの愛らしいだけの存在ではないことを理解しているのだ。

「貴方達の中で、リーダーは誰なのかしら？」

その問いかけに、猿轡をかけられている以上、応えられるはずはない。

「そう、貴方ね」

しかし、リリィは即座に一人のボウズ頭の男の元へ歩み寄った。

「解いて」

その言葉に、フィオナが素早く男の元へと動き、猿轡の戒《いまし》めだけを解いた。盗賊を拘束したのはフィオナである。人間を縄で捕縛する技術は、魔女の先生から習ったらしい。

誰かに師事することなく日々を生きてきたリリィは、魔法以外の技術も習得しているフィオナに対して素直に感心の声を挙げたものだ。

もっとも、立ち上がることすらままならないキツい縛り方をされて苦悶の声がいくつもあがる中で交わされた会話だったので、あまり微笑ましいシーンではなかったが。

ともかく、フィオナが猿轡を解いたことで、盗賊の頭と断定された男の口に自由が戻った。

「な、なんで俺だと分かった……」

床に這い蹲ったままの男は、そんな疑問を口にするが、

「うふふ、秘密」

にこやかな笑みを浮かべて回答を拒絶された。

男は理解不能な狂人でも見たかのように、眉をひそめて苦々しい顔つきとなる。

「そんなに怖い顔しないでちょうだい。そうね、まずは自己紹介をしましょう。私の名前はリリィ。貴方は？」

「……ロバートだ」

すでに抵抗は無意味であると知っているからか、盗賊の頭、ロバートは素直に名乗った。そして、それが偽名ではないということも、リリィは今の時点で確信できている。

何ら魔法の素養も、高度な精神プロテクトもかかっていない人間の男など、リリィからすればその頭の中など筒抜けだ。

「そう、じゃあロバート、これから幾つか貴方にお願いしたいことがあるのだけれど、聞いてくれるわよね？」

「そ、それは――」

「素直に協力してくれるなら、私は貴方を殺さないでおいてあげるわよ。勿論、事が済めば貴方が逃げる

のを止めたりもしない」

「す、する！　協力する！　何でもするから助けてくれ！」

リリィの言葉に全力で同意を示すロバート。周囲に転がる盗賊達の呻き声は、より一層大きなものとなった。

彼らの猿轡を外せば、ロバートに対する怨嗟《えんさ》の声があがったことだろう。いくら頭の足りない盗賊風情でも自分達も同じように許されると甘い幻想は抱けない。

だが、彼らの悲痛な恨み節など微風ほども気にしないリリィは、この男が大人しく従う意思を見せたことに満足気な笑みを浮かべるのみ。

「フィオナ、全部解いていいわよ」

その声に、フィオナはやはり黙って動く。もし、ロバートが次の瞬間に襲い掛かってきたとしても、フィオナの『カスタム・ファイアーボール』が火を噴く方が早い。

両者の実力差は歴然。そしてそれはロバートも十分理解しているに違いない。縄が解かれても反抗的な素振りを全く見せずに、僅かに安堵の表情を浮かべながら立ち上がった。

「まずは、この中からあと三人協力者を選んでちょうだい。できるだけ、力の強い者がいいわ」

「はい、わかりやした！」

威勢よく応えたロバートが速やかに行動を開始する。恐らく、自分含め四人の協力者の命はリリィに保証される。裏を返せば、それ以外の者の命はない。このまま何事もなくスパーダの騎士団に引き渡されたとしても、断頭台の露と消えることに変わりはないのだから。

助ける仲間の命を自ら選別させる作業とは、如何にも業が深い。しかし、ロバートにとってはそれほど苦痛に感じるものではないようであった。淡々とリリィの注文通り、体格の良い男を選び出していく。

そんな様子を一歩離れてリリィは眺めながら、傍らで暇そうにぼんやり立つフィオナへふいに問いかけた。

「ねぇフィオナ、あの死ぬほど不味い目覚まし用ポーション、まだあるかしら？」

「ありますよ。でも、何に使うんですか？」

まさか盗賊達に飲ませて、リアクションを楽しもうという心算ではないだろう。

「私が飲むに決まってるでしょ。長い夜になりそうだから、アレくらい凄いのがないと、意識が最後まで持つかどうかちょっと心配なの」

フィオナは三角帽子に手を入れると、すぐにお手製目覚ましポーションを一瓶取り出し、リリィへと手渡した。ついでに、忠告を一つオマケする。

「張り切るのはいいですけど、殺さないでくださいよ？」

その言葉に、リリィは優雅に笑って応えた。

「うふふ、任せてちょうだい」

ロバート達が最初に命じられた仕事は、地下の牢屋から残された女の奴隷七人を、ベッドのある客室へと運び込むことだった。ロビーに放置されたままの盗賊たちはフィオナが見張り、リリィは女を運ぶ仕事を監視する。

「ほら、グズグズしないでさっさと運んでちょうだい。他の人に代わってもらってもいいんだから」

「はい、すんませんリリィさん！」

彼らは途中で逃亡することも、手を抜くこともできず、ただこの小さな妖精の機嫌を損ねないよう一生懸命に働くより他はない。

七人の女性は全員、深く寝入っており、担いで運んでも全く目を覚ますことはなかった。お陰で、搬送作業は滞りなく終わった。

「次は彼らを全員、地下室に運び込んでちょうだい」

その指示も、ロバート達は速やかに遂行した。冒険者の数は今のところ妖精と魔女の二人だけ。二十人近くいる盗賊を村まで送るのは現実的ではないし、ギルドか騎士団の迎えが来るのを待つのだとしても、牢屋に閉じ込めておいたほうがより安全というものだろう。

この命令もロバートは特に不審に思うことはなく、リリィへの印象が良くなるよう上手く仲間、いや、見捨てる前提でいるのだから元仲間と呼ぶべきか。彼らをスムーズに地下室へ誘導できるよう一芝居打ったりもした。

「いいか、捕まってもすぐ処刑されるワケじゃねぇ。それまでにボスと話をつけられりゃ、上手いこと釈放されるはずだ。最悪、力ずくでもお前らを助けにいってやれる。なに、俺とボスを信じろよ――」

そんな甘い言葉を真に受けた哀れな盗賊達は、その先に待ち受ける運命も知らずに、暗い地下室への階段を一列になって下りていくのであった。

そうして彼らは牧羊犬に追われる羊のように地下にある大きな牢へあっさりと収容されていく。

「ねぇ、ここには拘束台があるわよね。出して」

そう、リリィがお茶でも催促するように言い放った台詞が室内に響いた瞬間、盗賊達は勿論、命の保証がされているはずのロバートまで、背筋に悪寒が走った。

「は、はぁ……けど、その、何に使うんですかい？」

「すぐに分かるわ。さぁ、早く」

如何にも子供らしく無邪気な微笑みのリリィだが、ここで渋れば果たして彼女は笑顔を浮かべたままでいてくれるだろうか？　戦々恐々とした心持ちで、ロバートは協力者の男に声を掛け、リリィが望む拘束台を部屋の奥から急いで引っ張り出してきた。

その台は、一見すると安宿にありそうな簡素な木のベッドに見えるが、淵の部分には堅そうな太い革のベルトが付属している。ここに身を横たえた者は、その頑強なベルトで身体を拘束され、戒めが解かれるまで決して起き上がることを許されない。

それは拘束台を設置したロバートたちがよく知っている。彼らがこの台に寝かせた者には、本来の役割の通り簡単な拷問を施したこともあるし、女を縛って楽しんだりもした。

奇しくもそれを自分たちに使われることになると思えば、その恐怖も一入《ひとしお》。

「それじゃあ、あの中から適当に一人選んで、台に乗せて」

やはりと言うか、当然と言うべきか、リリィは早速この台に人を拘束することを望んだ。

「あの、リリィさん、もし何か俺らの情報を聞きだしたいっていうなら、何でも話しますから、その、拷問紛いのことは――」

いくら仲間を見捨てることを選んだロバートといえども、見知った者が耐えがたい苦痛に苛まれる姿が見たいとは思わない。死ぬなら死ぬで、せめて苦しまずに死んでくれと祈るだけの良心は持ち合わせている。こうして、思わず口を挟んでしまうほどに。

「別に、貴方から乗ってもいいのよ？」

だが、リリィは聞く耳など持たなかった。

「すんませんでした、すぐに設置しやす」

流石に自分の身が危険に晒されてまで、その主張を押し通すことなどロバートにできるはずもない。

もっとも、己の身を省みず、自分から犠牲になろうと豪語する正義漢がいたとしても、リリィは台に乗せる順番が変わったくらいの認識しか持たないことだろう。

すでにしてロバートたちは、この輝く美貌の妖精が見た目通りの子供であるどころか、血も涙もない残酷無比な悪魔の子であると確信するに至っている。彼らが大人しく牢屋に連れ込まれた時点で、いや、リリィが彼らの前に現れた時点で、すでに運命は決してしまっていたのだ。

不運にも、拘束台に乗せられる最初の一人に選ばれた若い男は、あらん限りの力を振り絞って体をばたつかせ激しく抵抗している。顔は涙と鼻水でグシャグシャになりながらも、口は塞がれているせいで「うーうー」という意味の伝わらない呻き声が漏れるだけ。

しかし、どれだけ惨めで哀れみを誘う抵抗をしようとも、手足を縄でしっかり縛られた状態で男四人の手から逃れられるはずもない。ロバートは何かを祈るように無言で、他の男などは小さく「すまねぇ」と謝罪の言葉を口にしつつ、仲間の一人を拘束台に設置する。

「うふふ、ご苦労様」

形ばかりの労いの台詞を口にしたリリィの目は、すでに台に縛り付けられた男に向けられている。

彼は未だに必死の抵抗を続けているようだが、台がギシギシと僅かに軋む音が立つだけで戒めが解かれる兆候は全く見られない。

リリィは思いのほか安定性のある拘束台の性能に喜びながら、軽やかに台の上へと飛び乗った。死神が枕元に立っているとしか男には思えないのだろう。いよいよ激しく頭を振って、最後の抵抗を試みる。

「勘違いしないように言っておくけれど、私は別に拷問がしたいワケじゃあないのよ」

そんな信用ならないことを言いながら、リリィの光り輝く指先が虚空を踊る。

「勿論、ここで私的な処刑をするワケでもない。だから、貴方達がこの台の上で死ぬことはない。それは保証してあげる」

一瞬の内に光の魔法陣がリリィの前に描かれる。そこへ小さな手を翳すと、魔法陣の中から浮かび上がるように、一つのリングが取り出された。

「ちょっとした実験に付き合ってもらいたいだけなの」

それは、取り立てて目立った特長のない真っ白いだけのリング。大きさは人の頭にちょうど被さる程度である。頭部に装着するサークレットのような装備品、というのが第一印象だろう。

「大丈夫だから、安心してね？」

その滑らかなリングの白い表面を、リリィの指先がかすかになぞった瞬間、カシャンと音を立てて、環の内側より七本の鋭い針が瞬時に飛び出す。

リングへの印象が、装備品から拷問器具へと変化した瞬間である。

そうして、リリィがまた表面をなぞると針が収納され、再び何の変哲もないリングへと戻る。

リリィは軋みを上げるベッドの上で、まるで子供が眠っている人に悪戯でもするかのような躊躇のない動作で、そのリング――『白の秘蹟』が開発した、人間を支配する悪魔の魔法具《マジック・アイテム》『思考制御装置《エンゼルリング》』を、晴れて実験番号一番となった男へと装着した。

「うふふ、これだけ人数がいれば、少しは使い方も分かるでしょう」

◇◇◇

フィオナは地下室の分厚い木の扉を開く。リリィが鍵穴ごと吹き飛ばしたお陰で、軽く押すだけであっさりと扉は動いた。

中に入ると、不気味な唸り声が聞こえてくる。しかもそれは一つではなく、何人もの人間が同じように発しているので、室内はそれなりに騒々しい。

「まるでゾンビですね」

昨晩までは元気に盗賊行為を働いていたならず者たちは、今や地下牢の中で意味のない唸り声をあげる変わり果てた姿となっている。ゾンビ。知性のない下等なアンデッドモンスターであるが、フィオナの例えはこれ以上ないほど的確であった。

「そうね、気持ち悪いから早く処分してちょうだい」

まるで、庭先に湧いた虫の駆除でも頼むような物言いのリリィ。盗賊たちをゾンビ並みの廃人に仕立て上げたのは他ならぬ彼女であるが、そこには一片の罪悪感もない。

そんな彼女の態度を見ても、フィオナは特に嫌悪することもない。立場が同じなら、自分もそうしただろうから。

酷いとは思うが、そんな感情的な理由だけで行為を止める理由たりえない。なぜならリリィもフィオナも、絶対に揺らぐことのない至上目的を掲げている——そう、全てはクロノのために。

「はい、とりあえずお疲れ様でした、と言うべきでしょうか」

檻の中で蠢く男の姿などまるで見えていないかのように、フィオナはベッドタイプの拘束台に座るリリィへと歩み寄る。

「ホントに疲れた。次はもうちょっと時間に余裕をもってやりたいわ」

「一晩で二十人弱ですか。確かに、結構な人数ですね」

檻の中にいる男が全員廃人状態となっているのは、誰一人としてリリィの魔の手から逃れることはできなかったことをこの上なく端的に示している。

「でも、有意義な実験ができたわ。成功といってもいいくらい」

「成功ですか？　これで？」

「うん、使い方は何となく分かったから」

リリィの小さな手には白いリング。男たちを廃人に仕立て上げた凶器である『思考制御装置《エンゼルリング》』が握られている。人を意のままに操る強力な洗脳を可能とする『思考制御装置《エンゼルリング》』だが、ただ装着するだけでは効果が発揮されない。リリィの目的は、この悪魔の装置を完全に使いこなすことにある。

そのために人間に装着し効果の程を試す。つまり、人体実験であった。

そして、公に行うには憚られる人体実験であるが、今回の盗賊討伐のように相手を全員殺してしまっても咎められない状況こそ、実験を行うに絶好の機会。

クロノが盗賊討伐を決めた時に、リリィがもろ手を挙げて賛成したのは、金のためでも、ましてスパーダの女子学生を助けるためでもない。ただ実験するにうってつけのモルモットが、大量に手に入りそうだと思ったからに他ならない。

「では、もう使えるんですか？」

「残念ながら、無理。私が使うにはちょっと改良しないとダメみたい。あと何回か同じようにやれば完成できるわよ、たぶん」

また盗賊討伐か、それに準じるクエストに行くことになるだろうと、フィオナは察した。

「それじゃ、後は宜しくね」

すでに自分の仕事が済んだリリィは、拘束台から飛び降りると、そのまま扉へと向かう。

「そういえばリリィさん、女性の一人が目を覚ましましたよ」

「そう、どうだった？」

「紅炎の月20日以降の記憶は完全に失っているようです。完璧な処置ですね」

フィオナはリリィの手並みを素直に褒め称えた。リリィ曰く、それなりにアフターケアをしておかないと、アルザスの生き残りの時のようになっては困るから、ということらしい。

そしてなにより、綺麗サッパリ『なかったこと』にしておいた方がクロノも喜んでくれる。彼にはもう、余計な責任感を背負ってほしくはなかった。

ついでに、捕まっていた女性達には、それぞれ思い人がいること。その恋を実らせてあげたいという実に『妖精らしい』気持ちも多少はあるのだった。あえて、口にすることはないが。

「紅炎の月20日ね、うん、上手くいって良かった」

実は、どこまで遡って記憶を消せるかは、リリィにとっても賭けに近かった。キプロスの脳を弄《いじ》った時は、全ての記憶を消す勢いで容赦なくやったので、その辺の細かい配慮はせずに済んでいた。

いざ正確に時間を限定して記憶を消そうというのは、中々に難しい。下手をすれば、数年分も余計に消してしまう可能性もゼロではなかったのだ。

だが、その不安はあえて言うまい。上手くいったのだから、リリィは全て自分の計算通りということにしておいた。

「あ、そうそう、ロバート、だっけ？　協力ありがとね、もう行っていいわよ」

扉に手をかけようという直前に、リリィは今更思い出したかのように振り返って、四人の協力者へ声をかけた。

「ひ……あ、ありがとうございやす……リリィさん……」

ロバートは震える声を発しながら、よろよろと立ち上がった。彼らは先ほどまで実験体を台に設置する作業に従事させられていた。それはつまり、仲間が苦悶の絶叫を挙げる様子を目の前で見せ付けられたということであり、また、その片棒を担いでしまったということでもある。

彼らは精神的にかなり参ってしまったようで、一晩の徹夜で溜まる以上に疲労、いや、衰弱しているといった方が適切だろう。それでも、苦難に耐えてようやく掴んだ自由を目の前にして、立って歩き出すだけの力は沸き上がってくるようだ。今の彼らには、扉の前で微笑むリリィも悪魔の子ではなく、新たな門出を祝福する天使のようにさえ見えたかもしれない。

「は、はは……やった……やったぞ、これで俺は――」

助かる、とでも言おうとしたのか。

だがその呟きは、突如として迸《ほとばし》った灼熱によって遮られた。

「あっ、ぎぃやぁあああああああああ！」

地下室に男達の絶叫が同時に木霊した。

「あぁああ、な、なんでぇええ!?　燃えてっ、がぁああああ！」

気がついた時には、自分の両足には真っ赤な炎が絡みつき、耐え難い高熱に苛まれる。もう、歩くどころではない。ロバートたちはその場で転げ落ちるように身を床に投げ出し、必死に足をばたつかせて燃える炎を消そうと試みている。

「私は見逃してあげるって言ったけど、フィオナにそのつもりはないみたいよ？」

全く悪びれもせず、相変わらず愛らしい微笑みを浮かべたまま、リリィはそんな台詞を口にした。

そして、それだけで悟ったに違いない。彼女は始めから、自分たちを一人も生きて帰す気など毛頭なかったのだと。

「そ、そんなっ、助け――」

それ以上の言葉を、リリィもフィオナも聞く気はなかった。

命乞いの懇願も、恨みの罵倒も、耳には聞こえてくるものの、それは僅かほども記憶に残ることはなく、また、彼女達の心に届くことも決してない。

「それにしても『生贄の儀式』だなんて、いよいよ本物の魔女らしいことするのね」

「私もやるつもりはなかったのですが――」

と、いつの間に取り出したのか、フィオナの手には一冊の古びた本が握られていた。辞書のような厚みと大きさ、それを覆う黒一色の装丁はさながら本というよりも、箱のような外観に仕立て上げている。

「クロノさんのお力になるために、覚悟を決めました」

その本は、フィオナが神学校に通い始めた初日から、ずっと図書館で探していたものである。

彼女はスパーダが長い歴史を持つ国であること、また、かなり立派な図書館であったことを踏まえ、自分の探しものがここにあるだろうと予想していた。そして、その予想は見事に的中した。

「ふふ、加護を与えるのに生贄を求めるなんて、邪悪な神様もいるものね」

「そうでなければ、禁書指定なんかされませんよ」

フィオナがスパーダ自慢の大図書館の地下にある禁書封印区画から、十重二十重の結界を潜り抜けて持ち出したのは、『万魔殿へ至る道標』と題された一冊の魔道書《スペルブック》。

そこには、実践するには憚られる邪悪な儀式によって加護を得る方法が書かれている。そしてそれは、今のフィオナにとって必要となる『力』を与えてくれるに違いない。

この盗賊討伐をするにあたって、リリィの目的が人体実験であったならば、フィオナの目的は神へ生贄を捧げることである。だからこそ、リリィには生贄となるべき盗賊を殺して欲しくはなかった。裏を返せば、生きてさえいればどうでも良いということでもある。

「勝手に持ち出して大丈夫なの？」

「大丈夫ですよ、使い終わったらちゃんと元に戻しておきますから」

そういえば、ネロとかいうクロノにイチャモンをつけていたアヴァロンのナンパ王子が、大図書館案内の際にゴチャゴチャと注意のようなことを言っていた記憶が僅かながら残っている。

だが、やはり思い返してみても特に問題があるとは思えなかった。こうして誰にも気づかれずに本を拝借し、それを正しい方法で使えるのだから。

「それでは、クロノさんが戻ってくる前に、さっさと終わらせるとしましょうか」

そうしてフィオナは、生贄に捧げられる哀れな羊たちを無感動な金色の瞳で見下しながら、朽ちかけたハードカバーをはらりと捲り、禁断の儀式を始めるのであった。

◇◇◇

それはまるで、死骸を啄ばむカラスが群れているような様子だった。頭をすっぱりと斬り落とされた男の首なし死体に取り付く黒い影はしかし、よく見ればカラスではなく蝙蝠《こうもり》だと判別がつくだろう。

その蝙蝠は、ここに転がる吸血鬼の主たるルドラによって作り出された使い魔《サーヴァント》である。

使い魔《サーヴァント》の作り方には幾つか方法がある。モンスターを捕えて調教する。無機物からゴーレムを造り上げる。そして、この蝙蝠の使い魔は、己の肉体を用いて造り出した、いわば分身と呼べるようなタイプであった。

吸血鬼が生み出す蝙蝠の使い魔は有名だが、ルドラもその例に漏れずこの蝙蝠たちを行使していた。クロノたち三人の冒険者が館へ接近してくることを早期に察知したのは、彼ら使い魔の功績である。

そんな忠実にして優秀な蝙蝠たちが、首なし死体と成り果てた主の肉体に取り付いたのは、無論、喰らうためでも弔うためでもない。彼らの使命がいかなるものであるのか、それは魔法の知識のない村人であっても、ここで起こっている光景を目にすれば、即座に理解できただろう。

まず、使い魔は今ある蝙蝠の形を崩し、本来あるべき姿へと戻っていく。血液、である。さながら氷が溶けるように、蝙蝠は赤黒い液体へと瞬く間に変貌していった。そうしてできた血溜りは、まるでスライムのように蠢くと、断面が露わになっている首を覆い、断たれた血管から内側へと侵入していく。

いや、それは肉体の方が血液の塊となった分身を吸収しているかのようだ。渇いた喉が水を求めるように、血に餓えた肉体はあっという間にこの場に集った全ての分身を吸い尽くした。

最後の分身を吸収し終えた直後、死体の指先がピクリと痙攣するように動く。風の悪戯でも筋肉の収縮が反射的に起こったものでもなく、純粋に、己の意思によって動かしたものに他ならない。

そうして、その意思はすぐに五体へと再び支配を広げる。結果、首なし死体は平然とその場で起き上がったのだ。

否、それはすでにして死体ではなく、ただ首がないだけの生きた体であった。

体は、少しよろめきながらも、真っ直ぐ失った頭部の元へと歩き出す。ゆっくりと自分の体が近づいてくるのを、この時すでに青い両目は捉えていた。落し物でも拾い上げるような動作で己の頭を両手で抱え、そのままあるべき位置へと戻せば、復活は完了する。

「未熟だな……」

蘇ったルドラは、最初にその言葉を口にした。それは、吸血鬼である己にトドメを刺さずに退いたクロノに向けられたものではなく、純粋に敗北した自分に向けたものであった。

「よもや、二度も純血種《トゥルーヴァンパイア》の固有魔法《エクストラ》で生き永らえようとは」

力も魔力も強い反面、数の少ない吸血鬼。だがその中でさらに少数、より強力な能力を誇り、さらには特殊な固有魔法《エクストラ》まで持つ希少な種族、いや、血族と呼ぶべき存在がある。

それは純血種《トゥルーヴァンパイア》と呼ばれ、吸血鬼の祖となった固体の血筋を引く一族だと言われている。

そして、ルドラはその特別な一族の一人であったのだ。

何十年も昔、人生で初めて敗北した若きルドラは、この純血種《トゥルーヴァンパイア》が誇る脅威の固有魔法《エクストラ》『不死者《ノスフェラトゥ》』で蘇り、命拾いしたことがある。

今回で二度目。だが当時ほど衝撃を受けることなく、心穏やかにいられる今の自分に、僅かばかりの成長を実感した。

「今回も、正に命拾いだったな」

堂々と『不死者《ノスフェラトウ》』と命名されてはいるが、その効果は絶対ではない。覆せるのは一度きりの致命傷のみ。連続して二度目の死を迎えれば蘇ることはない。また、頭と心臓を同時に破壊されても死ぬ。

例外は他にもある。アンデッドにとって致命的な弱点たりえる聖銀《ミスリル》や光の魔法で攻撃を受けても、肉体の再生は成されないのだ。つまり、クロノが首を飛ばしたあとさらに心臓を一突きしていれば、あるいは首を斬った剣が聖銀剣《ミスリルソード》であったなら、ルドラの死亡は確定であった。

「だが、これもまた運命か」

静かに呟いたルドラは、ただ己の敗北をありのまま受け入れていた。

悔しくないと言えば嘘になる。だが、それ以上に今は生き永らえたことで、まだ自分はもう一度クロノという強者と戦えるチャンスがあるのだ。これを幸運と言わずになんと言おうか。もっとも、それをかつての自分は理解することなど到底できなかっただろう。

ただ純血種《トゥルーヴァンパイア》の力と、加護の力にだけ頼って驕《おご》っていた、若きルドラ少年には。

「未だ私が死の運命にないというのならば、今しばらく、剣の道を歩み続けるとしよう」

呟きながら、ルドラは近くの茂みに転がっていた愛刀を拾い上げる。

そのまま『吸血姫「朱染」』を、再び鞘へ納めようとした時だった。

「……む？」

変化に気づいた。鮮やかな赤に彩られた刀身だが、その切先《きっさき》が妙に黒ずんでいるように見えるのだ。

一見すれば血痕が付着しているように思えるが、この刀は『吸血』の銘の通りに、刃についた血液は即座に吸収してしまう。

実際によく見てみれば、やはり刃が血に濡れているわけではなく、刀身そのものが変色しているのだと理解できた。

「まさか――」

次の瞬間、切先の黒ずみは墨でも流したかのように、一気に刀身全体を覆っていった。

変化は見た目だけではない。柄を握るルドラの手には、ドクドクと心臓が脈打つような鼓動と共に、刀の内に渦巻く魔力の激しい流れを感じ取る。

変化が急激であれば、その終わりもまた唐突であった。気がつけば、ルドラが握る真紅の刀が、漆黒の刀身へと変貌を遂げている。その夜闇《よやみ》のように暗い色合いの刃からは、血がそのまま蒸発しているかのような赤いオーラが立ち上っていた。

「進化、したのか」

死の間際にあっても冷静沈着であったルドラだが、今は流石に目を丸めて驚きを露わにしていた。

「くくくっ、そうか、お姫様はよほどクロノの味がお気に召したらしい」

心当たりはすぐに見つかった。最後の一太刀、いや、一突きというべきか、あの一撃は確かにクロノの腹部へと突き刺さった。

致命傷には程遠かったようだが、この血を吸う呪われた刀の腹を満たすには十分だったようである。

「さて、私も鍛えなおさなければな」

新たな進化を遂げた愛刀を、満足気な笑みを浮かべて今度こそ鞘へと納めたルドラは、黒コートを翻《ひるがえ》し音もなくその場を去って行った。

エピローグ

スパーダの街は、新進気鋭のランク５パーティ『ウイングロード』の活躍が話題となっていた。騎士団や憲兵隊に先んじて、彼らが最近ファーレンを騒がせる盗賊、それを操る黒幕の奴隷商人を捕えたからである。

如何にしてその黒幕の正体を掴んだのかは知れないが、彼らが奴隷商人の本拠地である上層区画に立つ館に踏み込み、派手に一戦を交えた後、見事に捕えられていた女性達を解放したという顛末は広く知れ渡っていた。手下の盗賊に攫《さら》わせた女性の中には、なんとファーレンの有力貴族の娘も含まれており、あと一日でも救出が遅れていれば、遠い異国に売り飛ばされていたかもしれなかった。

『ウイングロード』の迅速な救出劇は、やや強引な面があったという意見もスパーダ騎士団の方から出たようだが、その大きな功績の前には霞んでしまう。真っ向から彼らを批判する者は、誰もいない。

下手をすればファーレンとの外交問題にも発展した可能性すらあった。彼らが救出した女性たちは高級品として扱われていたため、一切の外傷はなかった。無論、そこには貞操も含まれている。

悪い奴隷商人は捕まり、美しい女性たちは助かった。その結果だけ見ればこれ以上ないほどの幸せな結末である。

しかし、この一件に関わった全ての問題がこれで解決された、というワケでもない。

例えばここに、一人の少年がいる。

「本当に、ありがとうございましたっ!!」

白金の月十日。俺たちエレメントマスターが盗賊討伐とグリードゴア探しを終えてスパーダの寮へ帰って来ると、出迎えてくれたのはシモンでもウィルでもなく、この見ず知らずの少年であった。

だが、彼の隣に眼鏡の少女が立っていることから、どういう関係の人物であるのかすぐに見当がつく。

「どういたしまして、彼女が無事で良かったな」

そう応えると、少年は感極まったように泣き出す。震える声で、感謝の言葉を何度も口にしながら。

「もう、そんなに泣かないでよエディ、なんか私の方が恥かしいでしょ」

「だ、だってでよぉぉおお！」

号泣する少年の名はエディ。彼はこの眼鏡をかけた少女の幼馴染にして、王立スパーダ神学校の騎士候補生であるらしい。

そして、シェンナという名の少女は、俺たちが盗賊のアジトから救出した女性の内の一人だ。

彼女がこうして無事に帰ってくるまで、エディがどういう思いを抱いて日々を過ごしていたのかは想像に難くない。

「あの、すみません、何かコイツが一人で大騒ぎしちゃって……」

困り顔でエディを小突くシェンナ。俺はそんな二人の微笑ましい様子に思わず相好が崩れる。苦笑を浮かべるともいうか。

「いや、わざわざお礼を言いにきてくれたんだ、構わないさ」

「すみません、ありがとうございます」

そうして、お互いについて少しばかり会話を交わした後、シェンナはエディを引っ張るようにしてその場を辞した。

「全て元通りになったみたいだな。リリィのお陰だ」

えへへー、と屈託のない笑みを浮かべるリリィの頭を撫でる。だが、俺の心にはエディに対して一つだけ嘘をついたことが、僅かな罪悪感となって心がチクリと痛んだ。

彼女が無事で、なんて言ったが、あれは完全に嘘だった。

俺は直接見たわけではないが、彼女は身も心もボロボロになっていたことは確かだ。あそこに捕まっていた女性がどういう扱いを受けているかについては、盗賊側にいたザックから聞いている。

だが、それを全て『なかったこと』にしてくれたのがリリィだ。

妖精の霊薬をつぎ込んで女性達の体を全快させただけでなく、テレパシー能力を応用して捕まってからの記憶も全て消し去った。聞けば、シェンナの記憶は紅炎の月20日から全てなくなり、他の女性も同様に、連れ去られる数日前のあたりで記憶が消えている様子だった。

忌まわしい記憶を全て消せたからこそ、女性たちは盗賊に『何もされなかった』という嘘も成立する。

「これで、良かったんだよな」

「はい、今回の状況からいって、最善の結末でしょう」

フィオナが強く肯定する。本来なら彼女達は、今後長い年月をかけて心の傷を癒さなければ、いや、下手をすれば立ち直れず一生悪夢に苦しむことになっていたかもしれない。

痛ましい事実を受け止めて、乗り越えていく精神力は偉大かもしれない。だが、幸せという観点で見れば、全て忘れてなかったことにするのが一番であろう。

だから俺は、事実をありのままに伝えるなんてことはしない。リリィが創ってくれたこの優しい嘘を信じたまま、彼女達は今後の人生を幸せに歩んでいけば良いのだ。

「ああ、本当に良かった」

今回の一件は、全て救われた形で決着がついた。俺にとっては、それが何よりも嬉しく、金や名誉よりもありがたい報酬だ。

翌日、白金の月11日。

スパーダの街は今日も活気に満ちている。だが、それ以上に人々の口からは明るい噂が流れていた。

それは王立スパーダ神学校の誇るランク5パーティ『ウイングロード』が悪の奴隷商人を成敗したというものだ。

実はこの『悪の奴隷商人』とやらが、俺たちが討伐した盗賊の黒幕であったようで、彼らのお陰でアジトにはいなかった他の女性たちは無事に救出されたのだった。もしかすれば、盗賊の黒幕と一戦交えるかもと覚悟していたが、気づけば全ての決着がついていたのだ。何とも気の抜ける話である。

だが、余計な面倒事は全て避けられたことには変わりないので、むしろありがたい。

上層区画に館を構える奴隷商人をこれほどあっさり成敗できたのは、彼ら『ウイングロード』がランク5の実力者であるという以上に、メンバーが王族と四大貴族という超絶上流階級の身分があったというのが大きいだろう。フリーの冒険者でしかない俺たちだったら、それなりに財力と権力を持ちうる商人相手に、思いもよらぬ絡め手で攻められていたかもしれないのだから。

ともかく、そんなハイソなパーティのお陰で、俺たちは一切の憂いなく今日も活動できるというものだ。

そういえば『ウイングロード』のメンバーには、アヴァロンの第一王女であるところのネルさんも含まれている。もし今度会うことがあれば一言お礼を述べよう。

もっとも、近くに刀を振り回す兄貴とヒステリックなお友達がいなければの話だが。

そんなことを考えながら、俺はようやく目的地へと到着する。

「さて、今日こそは良いローブを買うぞ」

その目的地とは、魔女のようなおばさん店員が待ち構える魔術士ローブ専門店である。以前、この見習いローブを言われるがままに購入した店だ。

俺の標準装備は、やはりローブ。なんといっても俺のクラスは『黒魔法使い』であって、断じて呪いの武器を扱う『狂戦士《バーサーカー》』などではない。今回のルドラ戦では、黒魔法がかなり役立ったことだし、自分が魔術士なんだという気持ちはより強く固まっている。

一端の魔術士としては、ちゃんとしたローブを着るべし。それにこの先、別な試練のモンスターを相手にするときには、物理防御よりも魔法防御が優先される場合もある。

「ふふふ、今日こそ俺の財力を見せ付けて、あの魔女店員に愛想の良い接客をさせてやるぜ」

そんな意気込みが漏れるほど、今の俺の財布は潤っている。というか、お金がなければそもそもローブは買えないのだから、当然の前提条件ではある。

勿論、この潤沢な資金の出所は盗賊討伐の報酬だ。ギルドから正式に討伐クエストを受けたわけではないのだが、結果的に討伐を果たしたことは認められたので、それ相応の報奨金が支払われた。

その上、討伐した相手がその場で所持していた財産はそのまま参加した冒険者パーティの懐にいれても良い、ということになっているので、およそ二十人分の所持金を丸ごとゲット。手持ちの金銭だけでなく、彼らの装備品や馬なども含め、全て売り払えばかなりの金額に上る。

盗賊相手に略奪とは酷い話に思えるが、それくらいのボーナスがなければ盗賊討伐クエストは成立しないのだろう。そういうワケで、今日はこの店で一番高いヤツを買ってやる意気込みでもって、俺は強気で店の扉を潜った。

店内に入ると数多のローブが出迎えてくれる。あの「新入生御用達！」と書かれたプレートがくっついている見習いローブを纏った人形も、俺の来訪を歓迎しているようにすら思える。

ふふ、悪いな、俺は今日ついに見習いローブを卒業するのさ。すでにして今の俺はローブを纏わないシヤツにズボンの一般人装備。つまり、ここで購入した新たなローブをその場で着て帰るつもり、いや、決意と呼ぶべきか。

ちなみに、見習いローブはフィオナが付加《エンチャント》の実験に使うとか何とか言っていたので、そのまま贈与した。もし実験が失敗して消し炭になってしまっていたとしても、そこは全く惜しくなどないね。あのローブを着て散々舐められた記憶も一緒に、炎に浄化されたと思えば清々する。

そんな絶対的な決別の意思を固めた今の俺に、最早歩みを止めるものなどない。

視線の先には、やはり前に来た時と同じように例の魔女店員がカウンターに座っている。どうやら俺の来店には気づいているようで、さっきまで手にするハードカバーの本に落としていただろう目はすでにこちらへ向いている。

さて、今回はどんな嫌味が口から飛び出すのか——

「『エレメントマスター』のクロノ様ですね、ようこそお越し下さいました」

え、なにコレ、ドッキリ？　わざわざ椅子から立ち上がってほぼ直角の礼をされれば、そんなことを思わずにはいられない。

というか俺、この人に名前もパーティ名も名乗った覚えはないのだが……

「なるほど、貴女の娘さんでしたか」

これもまた世間は狭いとでも言うべきか。この魔女おばさん店員は、なんとシェンナの母親であったのだ。こちらが言うまでもなく、全ての事情は娘を通して把握済み。一応、俺が娘の命の恩人であると分かっていての対応だったわけか。

「申し訳ありません。お礼にはこちらから出向こうと思っていたのですが――」

「いや、そんな、いいですよ。冒険者としての仕事をしただけですし、報酬もちゃんとギルドから出ていますので」

この懇切丁寧な対応には、前回の対応を思えば違和感があることこの上ない。

「そういうわけには参りません。貴方のお陰で、娘は――」

しかし、娘の命を救った相手へ、涙ながらに礼を述べる母親の姿を見せられてしまっては、とても茶化す気になどなれるはずがない。俺としてはその感謝の気持ちだけで十分だ。報酬として多額の金銭を得ているのも事実だし、それ以上を求めるほど強欲でも傲慢でもないつもりだ。

「もともと救出クエストの報酬にと用意したものでございます。どうぞ遠慮なさらずお受け取り下さい」

被害者の家族が報酬を出し合って、救出クエストをギルドへ依頼していたと、聞いてはいた。

金額で心を計るわけではないが、それでも決して安くはない報酬額だったらしく、捕まった彼女達の身を案じているのだということが伝わってきた。俺は正規にそのクエストを受注したわけではない。目的そのものは達成したとはいえ、報酬を受け取る正統な権利があるとは言いがたい。

だが、ここまで押されてしまっては、頑なに断り続けるのもかえって失礼な気もしてくる。何分、こういう状況は初めてなので、どうするのが適切なのか計りかねるぞ。

「それに、もしまだクロノ様が『悪魔の抱擁《バフォメット・エンブレス》』をお求めであるというのなら、この報酬はそれに叶うものであると思います」

そう切り出した彼女の目は、どこか鋭い光を宿している。

むむ、やはりこの人は侮れない——いや、今回は報酬を受け取ってもらおうとしている善意なのだから、警戒する意味はないか。

「まさか、あるんですか？」

「少々お待ちを」

と、言い残して一旦店の奥へと退いて行く。ぐぬぬ、何と思わせぶりな。五分も経ってないのだろうが、やけに長く待ち時間が感じられる。

程なくして、彼女は両手で折りたたまれた黒いローブを手に戻ってくる。そして俺の前でそれを広げて、先ほどの問いに応えてくれた。

「バフォメットと双璧を成す高等悪魔、ディアボロスの皮で作られた『悪魔の抱擁《ディアボロス・エンブレス》』でございます」

それはバフォメットの毛皮とは異なり、本皮のような重厚な質感を持っている。そのデザインも相俟って、元々着ていたものとはかなり印象が違うように見える。

だが、そこに宿す濃密な黒色魔力の気配は、疑いようも無くコレが『悪魔の抱擁《バフォメット・エンブレス》』と同等、いや、もしかすればそれ以上の力を宿した一品であることを証明している。

「ふふふ、どうやらお気に召していただけたようですね」

「ああ、これは……良い品だ」

つい先日まで、見習い魔術士ローブを使っていたので尚更である。その力強い魔力の脈動が伝わってきそうな漆黒の革の光沢に、俺はすっかり魅了されてしまったようだ。

「どうぞ、着心地もお確かめください」

断れるはずもなかった。ローブ、というよりコートに近い形状の『悪魔の抱擁《ディアボロス・エンブレス》』を広げる彼女に向けて、黙って背中を向ける。

一見すると、コートの大きさは俺よりもワンサイズ小さいように思えたが、いざ腕を通してみれば、不思議と窮屈さなど感じられない。いや、事実として、これは着用者の体に応じて自在にサイズを変化させているのだ。

そうだ、この自分の体にピッタリと吸い付くようにフィットする感覚に、身に纏った途端に熱くも寒くもない快適な温度への変化。

ああ、何だか酷く懐かしい感触に思える。そうか、アレってこんなに着心地が良いものだったんだなと、改めて実感する。

「よくお似合いですよ」

そんなシンプルなおだてる言葉も、この着心地を感じていれば真実に思えてくるから不思議なものだ。

いや、この際もう自分に似合っているかどうかなど問題ではない、ただ純粋に『欲しい』と思わせる何かが、ここにはある。

「さて、いかがでしょうかクロノ様。こちらの『悪魔の抱擁《ディアボロス・エンブレス》』を私からのお礼として、受け取って頂けますよね？」

その答えは、すでに聞くべき必要がないほどであると、彼女には分かっているだろう。俺にはもう、これを拒絶する遠慮という感情を、軽く吹き飛ばすほどの魅力を感じてしまっているのだから。

「ありがたく、頂戴します」

それ以外に、俺は言うべき言葉を見つけられなかった。

黒の魔王　外伝「アッシュ・トゥ・アッシュ 第Ⅱ章」

俺の名前はアッシュ。

『白の秘跡』第三研究所出身、実験番号49番。パンドラ大陸遠征の十字軍に参加するため、晴れて『アッシュ』というコードネームを部隊長として与えられた。

ゴルドランの決戦で勝利を収めてから、破竹の勢いでパンドラの国家ダイダロスの領土を蹂躙《じゅうりん》する十字軍。その先鋒を駆け抜けたのが、俺達の部隊『灰燼に帰す《アッシュ・トゥ・アッシュ》』だ。

いよいよ、隣国スパーダの国境線が見えるほどにまで西進してくれば、残るは田舎の村々ばかり。戦いにもならない制圧作戦を繰り返す、消化試合のような状況。イルズ村の制圧も、その内の一つに過ぎない
――はずだった。

そこで、俺は死んだ。

イルズ村で、いや、正確に言えば、その近郊にある『妖精の森《フェアリーガーデン》』と呼ばれる小さな森林地帯で。

妖精の住まう森。ただ、そこを生まれながらの使命として守り続ける、リリィと名乗った美しい妖精少女の手によって、俺は、アッシュは殺されたのだ。

俺の名前は、黒乃真央。

アッシュは死んだ。俺の全てを縛る、悪夢の洗脳魔法具《マジックアイテム》『思考制御装置《エンゼルリング》』と共に。

封じられた記憶が蘇り、俺はようやく、俺自身に戻った。

アッシュとしての記憶も感情も、全て俺のものとして残ってはいる。だが、それでも俺は、もう二度とその名を名乗ることはないだろう。

異端である黒魔法使いにして、忠実な白き神の僕《しもべ》たる灰色の男は、その信仰を捨て去ったことで、ようやく純粋な黒に戻れたのだから。

だから、これからは、こう名乗ろう。

「――俺の名は、クロノ」

さて、この度めでたく記憶を取り戻した俺は、まずは今までお世話になったお礼として、実験部隊『灰燼に帰す《アッシュ・トゥ・アッシュ》』の監督役としてついてきた『白の秘跡』の下っ端研究員キプロス君に、たらふく黒色魔力の弾丸をくれてやった。

邪魔くさい監督役を排除し、リリィのチート染みたテレパシー能力を利用することで、俺の部下である実験体達の指揮権を確保。晴れてチームに戻った俺達は、自由になった最初の仕事として、このイルズ村というド田舎村の占領にやってきた十字軍の先発隊を掃除することにした。

すでに俺達とは別に、現地の冒険者が徒党を組んで奇襲をかけていて、村の中は大混乱に陥っていた。占領した町や村で、冒険者や騎士団の残党が抵抗してくることもあったが、大体、真っ先に乗り込む俺達が排除済みであったから、二番手でやってくる占領部隊には、自然と警戒心というものがなくなっていった。本当だったら、イルズ奪還に現れたこの冒険者たちも俺達が相手をして、占領部隊の皆さんはのんびり観戦気分でくつろいでいられただろう。

数の上では確実に十字軍占領部隊の方が勝っているはずなのに、油断と慢心、なによりも戦意に欠けるグズ共では、とても決死の覚悟で襲撃をかけた冒険者部隊を止められない。

いや、これは単に士気の差だけではないな。冒険者の中に、かなりの手練れが何人かいるようだ。

一人は、あちこちで巨大な火柱を上げている、凄まじい火力の炎魔術士。コイツの存在は遠くからでも一目瞭然だった。最初は、サラマンダーでも連れてきているのかと思ったほどの暴れぶりだったからな。ただ、姿は未確認。

次に、大きなモンスターの牙をそのまま刃としたワイルドな大剣を振るう、これまたワイルドな狼頭の大男。どうやら、冒険者部隊のリーダーであるらしい。彼の姿は、村の中央広場で見かけた。冒険者たちの先陣を切って、歩兵の群れに突っ込んでは、軽々と牙の大剣で薙ぎ払っていく。

相当なパワーとスピード。身体能力の高い狼獣人《ワーウルフ》の力をフルに活かしたパワフルな戦いぶりは、ただの雑兵では歯が立たない。

それと、ウッカリ見落としそうになってしまうが、家屋の影から影を渡り歩いては、死角から襲い掛かって、後方に陣取る射手や魔術士を次々と仕留めていく、暗殺者のような奴もいる。チラっと見た限りでは、人間の女性に見えたが……恐らく、アレは擬態だ。人間以外の種族が、姿を変えているのだと、何となく直感で分かった。このテの擬態を見破る訓練ってのも、一応はやったしな。

ともかく、彼らのような手練れがいる上に、全員が士気も高い冒険者部隊は、勢いのままにイルズ村の十字軍を倒していった。無論、俺達も彼らとは反対側から、挟み込むように十字軍兵士を撃ちまくる。挟撃の形となったことで、最終的には一人の逃亡も許さず、無事に殲滅を完了させた。

お仕事終了。さて、ここまではいい。問題なのは、これから。

ここでとうとう、冒険者部隊と、俺達は村の中央広場でご対面となった。

「……オイ、なんだぁ、テメェらは」

牙の大剣を肩にかついだ狼獣人のリーダーが、先頭に立って睨みつける。

こっちが彼らの姿を戦闘中にチラ見していたように、向こうも、俺達の存在を視界に捉えてはいたのだろう。俺達が十字軍に攻撃を加えていた姿は見ているはずだし、だからこそ、あえてこちらに手出しもしなかった。

だが、戦いが終われば、俺達のことを無視し続けるワケにもいかない。何といっても、俺達の格好は堂々と十字のシンボルをあしらった白い衣装で、十字軍のお仲間としか思えないのだから。

「――俺の名は、クロノ」

魔族を相手に話し合いが通じるかどうか。正直、疑問だったが、これまで俺が見てきた彼らの人間と変わらぬ様子を信じて、まずはストレートに話し合いを試みる。

だから、俺は名乗った。ようやく思い出した、自分自身の名前を。

「へっ、聞いたことのねぇ名だな」

「ああ、ここに来たのは最近だから」

「どう見ても、テメぇらも十字軍って奴らの一味だろうが……俺の見間違いじゃなけりゃあ、お仲間と派手に殺りあってたな。さてはオメー、裏切り者だな？」

はい、大正解。だが、そうだと答えて、すんなり信じてもらえるかどうかは、また別のお話である。

「そうだ、俺達は十字軍を裏切った。詳しい事情は、話せばちょっとばかり長くなりそうなんだが、聞いてくれるか？」

「悪ぃな、こちとらそんな暇はねぇ。こうしてお喋りしているのも、お前らが時間稼ぎを狙ってる、ってこともありうるからな」

「俺達がこの村の十字軍を攻撃したのは、そっちも見ているはずだ。それで、信用してはくれないか」

「同じ軍隊でも一枚岩じゃねぇってのは、よくあることだろが。まぁ、オメーらの事情なんざ、知ったことじゃあねぇけどな」

「俺達はそっちに協力したいと思っている。まずは、話だけでも、聞いてくれないだろうか」

「ただでさえ、ポっと出のワケの分からん軍団と戦ってんだ。怪しい奴を引き入れるワケにはいかねーな。この場は見逃してやるから、お前らはどこへでも行きやがれ」

狼頭の見た目に反して、などというと獣人差別になるか、ともかく、意外なほどに慎重な奴だ。彼らからすれば、あえて危険を冒して俺達を受け入れる理由はない。そして、ただの裏切り者に過ぎない俺達には、彼らに認めてもらえるだけの証もない。

参ったな、ここはひとまず、俺達だけの単独行動となるか。いやでも、有無を言わさずに戦いにならなかっただけ、マシな方だと思うべきか。

「待ちなさい、彼らの身元は私が保証するわ」

緊迫した気配が漂う俺達と冒険者の睨み合い、そのど真ん中に、鈴を転がしたような声と共に、光り輝く妖精少女、リリィが降り立った。

「おい、リリィさんだぞ」

「マジで、何かデカくね？」

「馬鹿、お前知らねーのかよ、リリィさんはたまにデカくなれんだよ」

「俺、大きくなってる姿見るの初めてだわ」

流石は地元民というべきか、冒険者達の中から、ちらほらとリリィについて話している声が聞こえてきた。それにしても、リリィさん、とさん付けで通っているのか。

「私は妖精の森《フェアリーガーデン》のリリィよ」

「ランク4冒険者パーティ『ヴァルカンパワード』のリーダー、ヴァルカンだ」

優雅な微笑みのリリィと、険しい表情……顔が狼だからあんまり顔色は分からないが、ともかく、二人の視線が交差する。

「私が、彼らを自由の身にしたの。そして、彼らには十字軍と戦う理由がある。今は、貴方達とも協力できるはずよ」

「……分かった、アンタがそう言うんなら、信じるしかねーな」

マジかよ、リリィが口きいた瞬間に意見翻っちゃったよ！　リリィって実は、この辺の有力者なのか。地主で土地とか持ってんのか。

「うふふ、ありがとう。話しが早くて、助かるわ」

美しい少女にお似合いの笑みを浮かべるリリィ。だが、その微笑みには、何ともいえない凄みを感じるのだった。

ともかく、リリィのお蔭で、ひとまず無事に冒険者側へと上手く寝返ることができそうだ。

イルズ村では、生き残った村人たちが、すぐに隣村にあたるクゥアル村へと避難する準備を始めていた。すでに正午も大きく過ぎた時間帯。いくら隣村とはいえ、女子供に老人含めた全員での大移動。村を出発するのは、明日の早朝となるだろう。

冒険者達は避難の護衛も兼ねて、今日はこのまま村に残る。幸い、十字軍が運び込んだ糧食《りょうしょく》がそれなりにある。たかだか二十人ちょっとの冒険者が、一晩飲み食いしても余裕なくらい。無論、俺達は自分の持ち込んだ分で、夕食をとることに。

というか、こうして冒険者ギルドで夕食をとる頃になって、ようやく、落ち着いた気がする。リリィと死闘を繰り広げては、洗脳が解けて十字軍に反旗を翻し、敵側であるダイダロスの冒険者へと寝返る……

これが、たった一日の出来事だと、ちょっと自分でも信じられない。

「ヘイ、隊長、これからどうするデスかー」

「凄い勢いで、状況に流されている気がするの」

残った隊員を全員収納して、ややすし詰め状態となっているギルドの一室。ベッドの上に腰掛ける俺と、その左右を挟み込むレキとウルスラが、何とも言えない表情で問いかけてくる。

そんなの俺が知りたいよ、と言いたいところだが、これでも部隊を預かる隊長としての責任ってのもあるからな。疲れた頭を、せいぜい働かせて考えようじゃあないか。

「俺達はキプロスを殺した。もう二度と、十字軍には戻れない」

「それは別にいいデス」

「私もアイツに一発喰らわせてやりたかったの」

レキとウルスラは、リリィ戦で気を失って、しばらくそのままだったからな。二人が目覚めたのは、村の奪還も終わり、リリィの仲裁のお蔭で冒険者とも話がついた後になってのことだ。で、ひとしきり事情を説明し終わったのは、ついさっきというワケだ。

「色々と、勝手に進めて悪かったとは思ってる」

「フン、どうせいつかは十字軍なんか抜けるつもりだったデス」

「それが今日になるとは、思わなかったけど」

同感だな。こんなに早く、『思考制御装置《エンゼルリング》』が外れる日が来るとは……リリィには、感謝してもし足りない。もっとも、レキとウルスラにとっては、気絶の寸前まで本気で殺し合った相手がリリィである。複雑な心境ではあるだろう。

「ともかく、俺達はついに自由の身になったワケだ。けど、それも十字軍から逃げられればの話だ」

ひとまずの目標は、ダイダロスの隣国、スパーダへと逃げ込むこと。

この国は、ダイダロスよりはアーク大陸にある人間の国家と同じ程度には先進的で、かなり軍事力も整っていると、簡単な情報は前もって聞いている。俺達はダイダロス領を占領する最先鋒ではあったが、さらにその先を行き、これから侵略する国々を調査する者達も存在している。魔族滅ぶべし、という勢いの狂信的な十字教ではあるが、いざ侵略戦争となれば、上手く敵国に潜り込んでは情報収集ができる手腕も、ちゃんと併せ持っているのが恐ろしいところだ。

ともかく、十字軍としても、ダイダロスを占領した勢いのまま雪崩れ込めるほど、スパーダの守りは甘くない。いくら頭に血が上った狂信者でも、高さ50メートルを越えるガラハド要塞を前にすれば、その足を止めるしかないだろう。

「それなら、さっさと高飛びすればオールオーケー」

「私達だけなら、山越えも余裕なの」

確かに、俺達だけでスパーダへ逃げ込むなら、それが一番手っ取り早いし、確実だ。俺達は全員、『白の秘跡』に改造強化されている。そこらの兵士とは、身体能力も魔力も遥かに上回る性能を持つ。その力をもってすれば、深い森も断崖絶壁も、軽々と踏破できる。かなりの標高を誇る峻険《しゅんけん》なガラハド山脈でも、俺達ならば国境警備の目を掻い潜りつつ、越えることは十分に可能。

そう、俺達だけで、他の者を全て見捨てていくならの話だ。

「……俺は、ここの冒険者達と一緒に、戦おうと思っている」

だから、これは俺のワガママだ。くだらない男のプライド、または、愚にもつかない罪滅ぼしってやつかもしれない。

「しょーがないデスねー」

「隊長がそこまで言うなら、従ってやるの」

「おい、まだほとんど何も言ってないだろ。俺は、お前らにまで余計な戦いをしろと、無理強いするつもりは――」

「そんな泣きそうな顔で言われても、説得力ないデース」

「どうせ隊長には、無理強いするほどの度胸もないの」

「お前ら散々言うな」

だが、悔しいがその通りかもしれない。

俺は冒険者と共に、確実に追いすがってくるだろう十字軍を足止めしながら、スパーダまで向かう撤退戦に参加すると決めていた。だが、レキとウルスラにそこまで付き合わせる気もない。俺の個人的な感情という以外に、ここで戦う理由はないからだ。冒険者と話はついたが、それは敵対しないという立場がはっきりしただけで、彼らと共に命がけで戦うほどの義理まではない。

だから、レキとウルスラ、それに加えて残った隊員は全て、逃がすべきだと俺は考えていた。

その決断に揺るぎはないが、素直に二人と、感情はないけどこれまで一緒に戦ってきた部下たちとお別れするのに、一抹以上の寂しさを感じる気持ちも、また事実ではある。

だからといって、泣きそうな、とか言われるほど、表情には出してない。本当に出してたら、どんだけわざとらしい男だよと。

けど、俺の大して深くもない気持ちなど、この二人にはお見通しのようだ。

「ふふん、隊長には私達がついていてないとダメなのデス！」

「隊長を一人にさせるなんて、危なっかしすぎて見てられないの」

「ったく、好き勝手言いやがって……俺についてくると言うなら、覚悟はできてるんだろうな？」

「イエス！　イエス！　イエスッ！」

「愚問なの。隊長の方こそ、自分一人で、なんて馬鹿な考えは許さない。私達は、ずっと一緒」

「ああ、そうだな」

これが仲間の絆、ってやつか。言葉にすると陳腐だが、実感すると、こんなに嬉しいものなんだな。

嬉しいついでに、つい、ちょうど左右のいい位置にあるレキとウルスラ、二人の頭を撫でてしまう。犬耳みたいなクセっ毛ブロンドのレキと、波打つ銀髪ロングのウルスラ。どっちもいい手触りで、いつまでも撫でていたくなる。

「こ、子ども扱いはやめるデス」

「でも、今日のところは勘弁してやるの」

口では文句らしきことを言いつつも、子犬のようにすり寄るレキと、子猫みたいに寄りかかってくるウルスラは、何だか、久しぶりに見た目相応の子供らしいと感じた。

戦いではいつも頼りがちになってしまうが、思えば二人は俺達の中でも最年少だ。正確な年齢は知らないが、中学生になるかどうか、くらいの年ごろに違いない。つまりは、まだ小学生。

俺なんかでは、とても親の代わりなど務まらないが、それでも、少しでも彼女達が甘えられる兄貴くらいには……なんて、しっかりした二人にとっては、大きなお世話かもしれないがな。

「――入るわよ、っと、あら、失礼、お取込み中だったかしら？」

「うおっ、リリィ!?」

コンコン、というノックからノータイムで入室するという母親みたいなテクで、いきなり踏み入ってくるリリィ。

彼女の姿を見るや、レキとウルスラの体が明らかに強張った。つい何時間か前に、手酷くやられた相手だからな、無理もない。

「シャァー」

「むぅー」

「こら、威嚇するな、警戒もするな。今は味方だ」

「あまり躾がなってないようね」

「リリィも、煽るようなこと言うな」

「それもそうね、これから一緒に戦う、仲間だものね」

この物言いは、まさか、話を聞いていたのか。あるいは、テレパシーで心の中を見通したか。

「失礼ね。テレパシーがあるからといっても、そうそう人の心を覗き見したりはしないわよ」

「……今のは？」

「強く思い浮かべたことは、勝手に聞こえてきちゃうの」

以後、気を付けます。

「よろしい」

「それで、どうして来たんだ？　何かあったのか？」

「何かなければ、来ちゃいけないのかしら？　私が口を利いたから、貴方達が受け入れられているのよ」

「俺らの保護者ってことか」

「監督役、という方が正確でしょうね。私が貴方達と一緒にいれば、冒険者も余計に警戒せずにすむ」

地元民で名前も知れたリリィのことは信頼しているが、俺達のことは当然ながら信用できない。リリィが見ていなければ、俺達は何をしでかすか分からない、怪しい集団のまま、という認識になるのは当たり前か。

「それはまた、ご苦労なことだな」

「迷惑だったかしら？」

「まさか、気遣いに痛み入るよ。本当にありがとな、リリィ」

「どういたしまして」

笑うリリィは、本当に見惚れるほどの美少女だ。

しかし、裸のままなのは如何なものか……一応、全身が光り輝いているから、真の意味で全裸ではないのだが、くっきりとボディラインが浮かぶその姿は、正直、あまり目によろしくない。何故、誰も彼女の姿を気にしないのか、不思議でならない。魔族では美少女が裸で光ってるのは、常識なのか。

「それで、監視ついでに、今後について話をしに来たの」

「そうか、こっちも色々と、具体的にこれからの予定について話したかったところだ」

冒険者に協力するとしても、俺達が勝手に動くより、リリィを通して話を取り付けた方が、スムーズに事が運ぶのは間違いない。だから、まず協力を求めるべきなのはリリィであり、また、彼女の他に話し合える者もいないのだ。

「ええ、それじゃあ話し合いましょうか、じっくりと、ね」

などと言いながら、フワリと宙に舞ったかと思えば、そのまま羽根が落ちる様な軽やかさで、リリィは俺の膝の上に着地。小さな少女の体が、膝の上で座り込むような形で収まった。

「ノォーっ!?」

「ファーっ!?」

突然の急接近に、俺の代わりにレキとウルスラが叫んでくれた。

「この体勢は何？」

「だってこの部屋、他に座るところがないじゃない」

確かに、それはその通りなのだが。

「いきなり俺の、男の膝の上に座るってのは、どうなんだ」

「迷惑だったかしら？」

「今は割と」

「うふふ、我慢してちょうだい」

膝の上で、妖精ではなく、小悪魔が笑っていた。


右側に唸るレキ、左側に睨むウルスラ、そして余裕の表情で堂々と俺の膝の上に座り込むリリィ。この間抜けな密着状態のままで行われた、息苦しい話し合いで、今後の予定を聞いた。

まず、スパーダへ本当に避難するかどうかで、揉めるだろうこと。十字軍の脅威を理解していなければ、外国にまで逃げるという思い切った判断は、なかなかできないのは当然だろう。

「隣村の村長の命は私が握っているから。必ず、私の言うことに従うはずよ」

「えっ、なにそれ怖い、呪ってんの？」

「村長は病気でね、私が作る特別な薬がないと、命を保てないの」

それ、白い粉末状のヤバい薬じゃないよな？

「隣のクゥアル村は、この辺で最大規模の村よ。ここがスパーダへの避難を決定すれば、自然と他の村も従うわ」

なるほど、村長の命という取引材料があるから、脅迫もとい説得はスムーズに行われるわけだ。

やり方はともかくとして、今は議論する時間すら惜しい状況。リリィによる誠意溢れる説得は、最善手だろう。

「スパーダへの避難が始まれば、冒険者が殿《しんがり》につくことになるでしょうね」

「ダイダロスの駐留騎士とか、自警団は？」

「田舎にいる騎士の数なんてたかが知れてる。自警団はほとんど素人に毛が生えたような者の集まり。それは、貴方達もよく知ってることじゃないかしら」

ごもっとも。大きな街をあらかた攻略し終えた俺達は、警備がゆるゆるな田舎の村の占領をほとんどルーチンワークで片付けていったからな。まぁ、その途中で、リリィという化け物に、

「クロノ？」

リリィという超絶美少女妖精と運命の出会いを果たすのだった。

「ともかく、ただ殿につくだけじゃあ、十字軍に追いつかれるだけだろう。時間稼ぎをするなら、どこかに防衛線を敷いて、足止めさせなきゃならない」

「それを含めて、どういう作戦で動くのか。決めるのは、冒険者集団のリーダーになるけれど、まずは、これからそのリーダーを決めるところから始まるわね」

「それってヴァルカンじゃないのか？」

「彼はイルズ村の偵察を請け負ったクエストの代表者というだけ。スパーダ避難の緊急クエストが発行されれば、また新たにリーダーを決めることになる」

なるほど、ということは、ここでリーダーに選ばれれば、作戦の立案も戦闘での指揮権も、全て手に入るということか。

「リーダーはどうやって決める」

「基本は冒険者ランクで。でも、同ランク、同じ程度の実力、などで対立候補がいるなら、公平に決闘で決めることになるでしょうね」

「け、決闘？」

マジかよ。いくら魔族でも、そんな野蛮で前時代的な方法を実行するなんて、あるわけないだろ……

クゥアル村冒険者ギルドの一階ロビーは、むせ返るような熱気に包みこまれていた。

「どうした、もういねぇのか！　この不死身のヴァルカン様を相手にしようってヤツはよぉ！」

と、勇ましく吠えるヴァルカンの足元には、巨漢のオーク戦士が白目を向いてぶっ倒れている。見事なKOに、より一層ギャラリーは盛り上がる。

うん、どう見ても、完全に決闘です。

大事なリーダー選出を、まさか拳と拳で殴り合う決闘で決めるなんて、あるわけあった。マジもマジ、みんなして大マジである。さようなら民主主義、こんにちは弱肉強食。

と、何でも暴力で解決するというほど、短絡的な行動でもないらしい。基本、荒くれの冒険者共のトップに立ってまとめるには、相応の力を示すのが最も手っ取り早い。つまり、この決闘は一種のデモンストレーションである。

冒険者としても、これで実力を示すこと、また、上手く決闘イベントをこなす手腕を見て、リーダーに相応しいかどうかの判断基準にするのだ。勿論、単純に強い奴に従うべし、という者もいるが。

意外に合理的な人心掌握術に基づいた決闘ではあるが、純粋な力比べという側面も十分に機能している。つまり、正々堂々、決闘を征すれば、それでリーダーの座を勝ち取ることは可能なのだ。

ヴァルカンはイルズ村での戦いぶりと、俺とのやりとりを思えば、十分にリーダーに相応しい素質を持っているだろう。これで、単なるモンスターの大量発生などの緊急事態であれば、彼は問題なく冒険者を率いて仕事を果たすに違いない。

だがしかし、今回の相手は十字軍。この異世界の人類史上、最強最悪の神の軍勢である。

ヴァルカンは、いや、他の誰もが、十字軍という敵を知らない。知らな過ぎる。己を知っていても、敵を知らなければ百戦は危ういに決まってる。

だからこそ、正面切って十字軍占領部隊の本隊と、事を構えることになるだろう今回は、ヴァルカンに指揮を任せるわけにはいかないのだ。

「ハっ！　ランク4に満たねぇ雑魚はすっこんでな！　俺がテメェらを仕切る！　文句があるヤツは前へ出な！」

そして、今ここにいる者の中で、最もリーダーに相応しい者は、

「うふふ、次は、私が相手になるわ」

リリィしかいないだろう、常識的に考えて。

昨日、俺達は早朝にイルズ村を村人と共に出発し、このクゥアル村へとやって来た。リリィはそのまま村長宅へと向かい、真心を込めた説得を実行。結果、彼女の純粋な思いは通じて、クゥアル村は即座にスパーダ避難を決定し、冒険者ギルドからも緊急クエストが発行され、そして現在、リーダーの座を賭けた決闘のクライマックスを迎えている。

我こそリーダー、と名乗りを上げた威勢のいい連中は、すでにヴァルカンが片っ端からノックアウト。

リリィは最後の挑戦者である。

「リリィさん、か……まさか、アンタが名乗りを上げるとは、思わなかったぜ」

「目立つのは好きではないのだけれど、今回は、思うところもあってね」

えっ、そのピカピカ輝く全裸で目立ってないと思ってたのか、リリィ。

「俺も、この辺で活動してそこそこ経つ。アンタの噂は聞いてるが、だからといって、簡単に譲るつもりはねぇ」

「勿論よ。ここで力を示さなければ、誰も認めてくれないもの」

巨漢の狼獣人ヴァルカンと、小柄な少女のリリィ。両者の体格差は圧倒的。だがしかし、この魔法の異世界では、体格なんてのは強さを決めるパラメーターのほんの一部に過ぎない。

今、ここに集っている冒険者達は、二人の実力は十分に対等であると知っている。ランク4のベテラン冒険者と妖精の森の守護神。注目の最終戦といったところか。

「さぁ、どっからでもかかってきな、お嬢ちゃん」

「いいえ、かかってくるのは貴方の方よ」

どうぞ、と手招きをするリリィの姿が、眩い緑の光に包まれる。出た、あらゆる物理攻撃・魔法攻撃を防ぐ、万能の結界『妖精結界《オラクルフィールド》』である。

「なるほど、ソイツを出されちゃあ、手加減はできねぇ――なあっ！」

ドン、と木の床を割るほどの脚力でもって、ヴァルカンは一気にリリィへと襲い掛かった。やはり、速い。近距離から、この速度で踏み込まれたら、普通の兵士だったら目で追うこともできないだろう。

そして、速度はそのまま破壊力に換算される。おまけに、ヴァルカンの鍛え上げられた巨躯という、重量と筋力。パンチ一発で、華奢な少女の体など、無残に叩き潰されるに決まっている。

リリィが、本当に見た目通りの少女であったなら。

「ふふふ、寸止めなんて、優しいのね」

ヴァルカンが繰り出した渾身のストレートパンチは、リリィの顔の手前、10センチほどの位置でピタリと止まっていた。

「ぐっ……うぉおおおおおおおおおおおおおっ！」

雄たけびと共に、ヴァルカンの猛ラッシュが始まる。高速で繰り出される左右の拳打《けんだ》は、まさに嵐のような勢いで、圧倒的な破壊力を叩きつけまくる。

しかし、リリィは窓越しに嵐の夜を眺めるように、静かにその場に立ち尽くす。

何十、何百というパンチは、『妖精結界《オラクルフィールド》』に阻まれ、一発たりとも、美しい妖精少女の身に届くことはなかった。

まぁ、武器を使って本気で攻撃しなければ、リリィの『妖精結界《オラクルフィールド》』は破れないってのは、実際に戦った俺はよく知っている。素手で破れとか、無茶振りもいいところだ。

「ふぅ、はぁ……参った。俺じゃあ、アンタには指一本、触れられそうもねぇ」

ヴァルカンも最初から、素手ではリリィの相手にすらならないと察していたのだろう。激しい連撃を、前髪一つ揺らさずに凌いでみせたリリィに対し、素直に敗北を宣言。

「それで、他に挑戦者は、誰かいるかしら？」

少女らしい無垢な笑顔の問いかけに、答える者などいるはずもなかった。

「うーん、やっぱり、ここしかないな」

地図と睨めっこした結果、俺はアルザスという最西端の村を防衛線を敷く候補地に決めた。

「どうしてアルザスなの？」

と、一緒に地図を覗き込むリリィが、小首をかしげて聞いてくる。そういう、ナチュラルに可愛らしい仕草をされると、キュンとくるから止めて欲しい。

「川があるからな。十字軍の主力は圧倒的多数の歩兵だから、川が流れているだけで、かなり動きを鈍らせることができる」

「でも、アルザスは西の端っこだから、防備は柵くらいしかないわよ」

一方、このクゥアル村には割と立派な石壁がある。けど、十字軍の数の前では、この程度の石壁などあってないようなもの。おまけに、クゥアル周辺は割と開けた地形だから、あっという間に完全包囲されて詰む。

「川に挟まれて、周りはほとんど森のアルザスなら、すぐには包囲されない。それに、石壁程度の防備なら、現地で用意できる」

「どうやって？」

「そりゃあ、勿論、黒魔法で」

第二研究所出身のレキとウルスラを除いて、俺達は全員が上級範囲防御魔法による大きな壁を作り出すことができる。そして、『永続《エタニティ》』も叩きこまれているから、魔法で創り出した壁を、そのまま実際の防衛設備として利用することが可能だ。

俺達はあらゆる戦局に対応できるよう作られているから、防衛戦を見越して、自前で防壁を作るくらいのことはできて当たり前。

「分かったわ。それじゃあ、アルザスで決まりね」

リリィは堂々とリーダーの座を勝ち取っているから、作戦の決定権を持っている。俺は、自分が最善と思う作戦を、リリィに提案する参謀役といったところか。

「それと、アルザスに行く前に、もう一つ作戦があるんだが——」

「へいへい、ちょっと待つデス」

「その前に、大事なことがあるの」

今の今まで、黙って横で聞いていただけだったレキとウルスラが、突如として話に割り込んできた。

「なんだ、大事なことって？」

もしかして、俺はとてつもなく重大な何かを見落としていたとでも言うのだろうか。若干、緊張しつつ解答を待っていると、二人はビシっと指をさした。リリィに向かって。

「リリィは服を着るデス！」

「リリィは服を着るの」

対する、リリィの反応は。

「えー」

あんまり芳しくなかった。

「いや、二人の気持ちは、よく分かる。俺も、何か服は着てもいいと思う」

「ええー、クロノまでそう言うの？　別に、普通じゃない」

納得いかない、とやや不満げに細い眉をひそめるリリィ。今まで妖精として生きてきた彼女からすれば、裸でいるのは当たり前だし、それを他の誰もおかしいとは思っていない。妖精の体は常に『妖精結界《オラクルフィールド》』に包まれているから、正確には全裸ではないし、アレな部分は光って見えなくなってるし。

しかしながら、パっと見で超絶美少女が裸でウロウロしてるように見えてしまうのは、いかがなものかと。これで、通常の妖精と同じ人形みたいな小さいサイズだったら、大して気にはならなかったけど、半人半魔だというリリィは、見ての通り人間の少女と同じ背丈である。

「まぁ、無理強いはしないけど」

「……いいわ、別に。服くらい着てあげても」

意外とあっさり、了承したものだ。実際、不満そうだったたし、今までのスタイルを変えることになるから、そう簡単には納得しないと思ったが。

「それじゃあ、さっさとコレを着るデス、ハリー！」

決まるや否や、レキがあらかじめ用意していたのか、畳まれた衣類をリリィへ差し出す。

「なによコレ、村の子供が着てるような服じゃない」

「イエス！　村を捨てて逃げるから、いならい服を適当にもってきたやったデース」

広げてみると、確かに、どこの村でも見かける一般的な麻の服である。当然のことながら、着心地はイマイチだし、ファッション性も皆無。強いていいところこ上げれば、丈夫なくらいだろう。

「こんなの着るくらいなら、裸の方がマシだわ」

「ファック！　なんて贅沢なこと言いやがるデス！」

ポーイと中古の子供服をベッドに放り投げるリリィに、レキが「このブルジョワジー」とか口を尖らせつつ、服を回収していた。

「だから、お古なんて誰も着たがらないと言った。私はちゃんと、リリィに似合うような素敵な衣装を選んできてやったの」

と、自信満々に声をあげたウルスラ。放り投げられた子供服を、いそいそと畳むレキを「貧乏人め」などと言いたげな視線を向けながら、リリィに対して素敵な衣装とやらを差し出した。

「なにコレ、布きれ？」

「この村は田舎にしてはそこそこ栄えていたから、こういう大人の女性向けの素敵な一品も、探せば見つかるの」

広げて見れば、それはパンツだった。しかも、かなり布面積が限定された、非常に際どいデザインで、よく見ると、大事な部分が開けて見える変態仕様だった。ブラもセットでついている。

このエロ下着セットに加えて、ボディラインが余裕で透けて見えるネグリジェが、ウルスラの選んできた服であった。俺が選んだらセクハラ確実の、とんでもないチョイスだ。ええい、この、おませさんめ。

「こんなの着ても、裸と変わらないじゃない」

やはり、ポーイとベッドにエロ衣装セットを放り投げるリリィ。当たり前だ、こんなん通るか。

「ふん、お子様にはこの服の魅力が分からないの」

などと言い訳しつつ、いそいそとエロ衣装を回収するウルスラ。

「ウルスラ、それは元あった場所へ返してこい」

頼むから、自分で着用するなよ。ソイツは、お前にはあまりにも早すぎる。

「クロノは、何かないの？」

「うーん、いきなりの話だから、何も用意はしてないが……俺らと同じ修道服ならあるけど？」

「私が十字軍に寝返ったと、みんなを勘違いさせても構わないなら、着てあげるけど」

「ごめん、やっぱナシで」

あんまり考えナシで、モノを言うのはやめよう。リリィのツッコミ厳しいぞ。

「はぁ、ロクなモノがないじゃない」

「わがままデスねー」

「こんなにイイモノを選んだのに」

「いや、リリィの言うことは妥当だろ」

今のところ、マジでロクな選択肢が出てないからな。これは、真剣にリリィに似合う服を見繕ってやらないといけないだろう、言いだしっぺとして。

「まぁ、いいわ。私が自分で探すから」

「それがいいかもしれない。俺達も協力するから」

「クロノにそんな暇はないでしょう。明日、出発するんでしょ？」

おっと、急に話が真面目な方向に戻ると、面食らってしまう。

「もう一つの作戦の方は、まだ話してないはずだけど」

「察しはつくわ。一度、十字軍に戻るんでしょう？」

テレパシーなど使わなくても、誰でも思いつくか。


翌朝、俺はレキとウルスラを含む5名の神兵を連れて、イルズ村へと戻った。

村人達は避難を始め、リリィ率いる冒険者も、同じくスパーダ国境の西へ向かっている。残りの神兵7名は、アルザス村での防衛設備建設のために、リリィに同行させている。

「やはり、もう次の奴らが来てるな」

イルズ村には、新たな十字軍占領部隊が入っていた。先行した部隊から、何の音沙汰もなくなれば、すぐに次の奴を派遣して様子を探らせるのは当然の対応だ。

到着したのはついさっきなのか、村の中央広場で野営地の設営を行っているところだった。

「おい、待て、止まれ！　お前らは何者だ！」

堂々と馬に乗って現れた俺達に対し、十字軍兵士が誰何《すいか》の声をあげる。

「俺達は十字軍の先発隊だ。所属は、第七使徒サリエル直属の試験部隊『灰燼に帰す《アッシュ・トゥ・アッシュ》』」

「ああ、そうか、お前らが噂の黒魔法使いか」

常に先陣を切って敵を蹴散らす俺達のことは、多少なりとも噂になっているようだ。名乗れば、すぐに兵士は納得し、野営地へと向かい入れてくれる。

どうやら、俺達の裏切りは伝わってないようだ。キッチリ殲滅《せんめつ》させた甲斐があったな。

「先行した部隊が壊滅しているようだ。君たちは、この村で何が起こったのか知っているか？」

事情を聞くために、この占領部隊を指揮する隊長の騎士がすぐにやって来た。

「俺達はイルズ村占領後、別の任務によって妖精の森《フェアリーガーデン》に向かった。そこでの任務を終えて、イルズ村に戻ると、すでに占領部隊は壊滅した後だった。大規模なダイダロス軍の残党に襲われたようだ」

「こんな田舎に、そんな大部隊が現れるとは信じられないが……この惨状を見ると、そうとしか思えないな」

「ここにいては、またいつ残党軍が襲ってくるか分からない。一度、本隊に戻り、対応を検討すべきだ」

「そうだな、急いで戻るとしよう」

と、隊長殿は何の疑いもなく、俺の嘘八百に丸め込まれ、即時撤退の指示を出した。

「俺達はこの情報をノールズ司祭長へ報告するため、先に戻らせてもらう」

「ああ、その方がいいだろう。神のご加護を」

お決まりの文句を返して、俺達はさっさとイルズ村から出発した。

十字軍は、まだ正確な情報を知らない。俺達が裏切ったことも、占領部隊を襲ったのはただの冒険者の集団であることも。

だからこそ、まだ味方のままだと思われている俺が「ダイダロスの残党に襲われた」といえば、奴らは素直に信じ込む。領土の占領にあたって、残党軍の情報は最も重要度が高い。そして、ソレを抱えているフリをする俺は、簡単に十字軍占領部隊のトップの元まで辿り着けるのだ。

そう、俺の目的は、占領部隊指揮官であるノールズ司祭長の暗殺だ。ついでに、他の幹部級も血祭りに上げて、本陣も盛大に燃え上がらせてやろう。

指揮を揮う頭が潰れれば、占領部隊の歩みは止まる。上手くいけば、これだけでスパーダへ避難を完了させるだけの時間が稼げる。

そうして、暗殺者と化した俺達は、さらに一つ、二つ、と村を越えて、現在、ダイダロス領西部方面占領部隊の本隊が居座る町へと辿り着いた。

ここは、クゥアル村よりもさらに大きな人里で、村というよりは町と呼んでもギリギリＯＫな規模である。ここから先は、イルズのようなド田舎村しかないことが分かっているので、本隊はここでのんびり過ごしながら、適度な数の兵士を送ってダイダロス西部の占領を完遂させる予定であった。

だから、指揮官であるノールズ司祭長は、もうすっかり仕事を終わらせた気分で、毎日が宴会状態らしい……という噂は、俺達がイルズ村に派遣されるよりも前から、公然と囁かれていたモノだ。

「で、その噂はマジだったワケか」

本隊が駐留する町中は、どこか退廃的な雰囲気が漂っている。そこかしこに十字軍兵士を見かけるが、すっかりだらけきった、弛緩《しかん》した雰囲気。最早、警備で歩いているのか、酒場を飲み歩いているのか、分からない。

あの路地裏をフラフラ歩いている奴とか、完全に泥酔してるだろ。装備からして小隊長クラスだろうに。もうこれだけで、この町に駐留する兵士の士気が悟れるってもんだ。

「うぇー、酒臭いデス」

「歩いてるだけで酔いそうなの」

「もう少しだけ我慢しろ」

どうせ、あと少しでアルコールの匂いなど気にならなくなる。

狙い通り、ちょうど今は夕暮れ時。陽が落ちて、町が夜闇に包まれれば、作戦開始だ。

「それじゃあ、行くぞ。俺は司令部、ウルスラは兵舎、レキは厩舎《きゅうしゃ》だ」

この町も俺達が乗り込んで占領している。地理は覚えているし、十字軍が設置した各施設の場所と構造も完全に把握している。

そうして、手筈通りに俺達は散った。俺とレキとウルスラには、それぞれ神兵を一人ずつつけてサポートさせている。俺には実験番号91番が同行。

当たり前だが、俺と同じ黒髪黒目の日本人。91番はちょっと白崎さんと似ている可愛らしい顔立ちをしてる。長い黒髪をポニーテールにしている彼女は、背は高めでプロポーションも良く、学生時代は陸上部とかバレー部とかでエースでした、みたいなイメージを抱く容姿だ。

もっとも、とっくに自我が崩壊した人形状態だから、イメージに沿うような明るい笑顔を見せてくれることはないが。

彼女を連れてきたのは、別に顔で選んだワケじゃない。基本的に同一性能で調整されている神兵だが、実戦を通す中で、それぞれ成長してゆき得手不得手といった差が出てくる。91番は中でも戦闘能力に優れているから、今回の暗殺作戦に連れてきた。逆に、アルザスに向かわせた神兵は、防御魔法に優れている者を選抜した結果だ。

俺と91番は共に黒い髪を揺らしながら、正々堂々と占領部隊司令部となっている、町の中心部に建つ領主の館へと乗り込んだ。

十字の旗が翻る館には、元の住人など一人も残ってはいない。ここの館の主は、俺が殺した。最後までここに立て籠もって抵抗した、気骨のあるオークの武人だったな。

憎き侵略者である十字軍と諸共に、この館が焼け落ちるというなら、彼も許してくれるだろうか。

「『灰燼に帰す《アッシュ・トゥ・アッシュ》』の隊長アッシュ、参りました」

「よし、入れ」

町に到着した時点で、アポはとってある。ノックして名乗れば、すぐに入室が許可される。扉の両脇に控えている騎士も、黙って俺と91番を通した。

部屋の中には、どっかりと革のソファに腰を下ろるノールズ司祭長の姿がある。他に、二人ほど司祭服の男が控えているが……副官のシルビアとかいう女がいない。

席を外しているとは、運の良い奴め。一度に殺し切るつもりだったのだが、仕方ない。

俺はつかつかとノールズの前まで歩いていく。

「おい、どうした、そこへ控えんか」

普通だったら、ほどほどの距離をとって、目の前で跪くところだ。しかし、今の俺にはそんな傅《かしず》く真似をする必要はない。この部屋に入った時点で、もう十字軍のフリをするのはお終いだ。

「――『消音《ノイズ・オフ》』」

流れるように『ストライカー』を抜き、発砲。

「はっ――」

発砲音と間抜けなノールズの声は、どちらも支援系魔法の『消音《ノイズ・オフ》』で部屋の外には漏らさない。

銃口より放たれた黒色魔力の弾丸は、額のど真ん中に命中。一撃でノールズの息の根を止めた。

この男は『鬼岩装甲《ゴリアス》』という岩の鎧を纏う、強力な土属性魔法の使い手で、自ら兵を率いて先陣を切れる勇猛な戦士でもあるが、不意をつけばこんなものだ。ご自慢の岩の鎧なら、俺の弾丸も余裕で防げただろうが、生身のままでは脆《もろ》い。

さて、首尾よくノールズの始末に成功したが、部屋の中にはまだ二人残っている。

だが、武闘派でもなんでもないヒョロい司祭の男は、俺の突然の凶行にまるで反応できず、というか、何が起こっているのか理解していないような表情で——あえなく、ヘッドショットで天に召される。

俺が二発目を撃つよりも前に、91番が魔装銃《ブラスター》を撃ち、二人とも仕留めてくれている。

室内の敵を完全に排除してから、俺はノールズの懐を漁る。確か、この辺に仕舞っているはずなんだが……よし、あった。宝物庫の鍵だ。

「——失礼しました」

何食わぬ顔で退室する俺と91番。物音は一切立てていないから、警備の騎士も何も言わずに、廊下を歩き去っていく俺達を見送った。間抜けな奴め。とっくに警護対象が死んでる部屋を、そのままずっと守っていればいいいさ。

館の宝物庫には、元々そこにあった領主の財産と、さらにノールズがこの町で集めた宝がひとまとめになって保管されている。俺達にも、先立つモノは必要だ。行きがけの駄賃として、奪えるものは根こそぎ奪ってやろう。

「おい、止まれ、宝物庫には近づくなと——」

まったく、こういう場所だけは厳重に警備していやがる。四人も騎士を配置しておくとは、よほど大事な貯金箱ってことか。

俺と91番は、さっきと同じように、無言で銃を抜いて発砲。勿論、『消音《ノイズ・オフ》』は忘れずに。警告の台詞の途中で、脳天に一発喰らわせて始末してやった。ただのカカシだな。

鍵を使って、実にスマートに宝物庫へと潜入。目に飛び込むのは、絵に書いたような金銀財宝の山である。元々ここに収めていた宝は綺麗に収納されていたのだろうが、強欲なノールズは集められるだけ集めたモノを、とりあえず放り込んでいるだけなので、煌びやかな宝石も金貨も、かなり雑多に散らばっているのだ。

「よく分からん絵とか彫刻とかは置いていこう」

「武具はどうしますか」

「ソレは持っていく。何かの役に立つかもしれないしな」

気分はさながら、銀行強盗。目につくお宝の数々を、根こそぎ『影空間《シャドウゲート》』へと放り込んで行く。両手じゃ足りないから、触手も出して、どんどん集めていく。

「よし、撤収だ」

これで、もうこの館に用はない。あとは、帰りがけに一回りしながら、爆弾を仕掛けて出ていく。

榴弾《グレネード》の術式を弄《いじ》れば、時限爆弾くらいはすぐに完成できる。着弾と同時に炸裂する衝撃感知ではなく、自分の心臓の鼓動を基準とした時限式にすればいい。あとは、爆発力を高める分だけ、魔力を込めてやればOKだ。コンマ一秒を争う戦闘中ではなく、こっそりと設置するだけなら、溜めも詠唱時間もさほど気にならない。

そうして、おおよそ二時間のタイマー設定で、黒魔法仕掛けの爆弾を置けるだけ置いて、俺達は町を出る。

集合地点は町の正門前。レキとウルスラも無事に任務を終えたようで、時間通りに集まって来た。

「よし、行くぞ」

「デカい花火は近くで見たいデース」

「これは見ものなの」

「ちょっとは離れないと、巻き込まれるぞ」

念のために、爆破の成功は見届けなければいけない。万が一、勘のいい魔術士が異常に気付いて、解除されないとも限らない。門を出て、町を一望できる小高い丘に移動してから、様子を観察する。

ここの本隊に十分な打撃を与えるまで、俺達は帰るわけにはいかないのだ。

「……そろそろか」

その時、静かな夜の町に大爆音が轟いた。同時に、町のあちこちから火の手が上がり、絶叫の声が鳴り響く。

「おおぉー、派手に燃えてるデス！」

「汚い花火なの」

すっかり気の抜けた十字軍のグズ共では、仕掛けられた爆弾に気づかず、全ての起爆を許したようだ。

領主の館は無事にガラガラと崩壊し、中にいた司令部の司祭連中を一網打尽にしたことだろう。ウルスラが担当した兵舎には、重騎士《アーマーナイト》や天馬騎士《ペガサスナイト》などのエリートもすやすや眠りについていたはずだから、一気に騎士団は全滅だ。レキの担当した厩舎には、罪のないお馬さんがいっぱいいるのだが、悪いが全て死んでもらう。馬は戦闘でも輸送でも大活躍する、軍の要でもある。馬がいなければ、軍は移動すら満足に行えない。

「ふぅー、良かった、無事に任務完了だな。さて、俺達も急いで、アルザスに向かうぞ」

阿鼻叫喚の地獄絵図と化している町を背中に、俺達は夜の闇に紛れてさっさと退散するのだった。

馬を潰すような勢いで、ダイダロス領の最西端にあたるアルザス村に向かってひた走る。

司令部の町は派手に爆破してきたが、俺達に追手がかかった様子はない。恐らくは、十字軍総司令部が本気で捜査でもしない限り、俺達の犯行だと断定することはできないはずだ。それに、爆弾テロの犯人となれば、真っ先にダイダロス軍の残党が疑われる。裏切り者が出た可能性にいきつくには、しばらく時間がかかるだろう。

さて、俺達が犯人だと割れなくても、占領部隊は遠からずアルザスにまで押し寄せる。ノールズ司祭長以下、軒並み指揮官クラスは館と共に死に絶えたはずだが、あんな奴らの代わりなど、十字軍の中には幾らでもいる。すぐに代わりの指揮官が着任し、残りわずかとなった西部方面の領土制圧任務を引き継ぐだろう。

奴らの体勢を立て直すのが早ければ、アルザスで一戦交えることになる。避難がスムーズに進めばいいのだが……

運を天に任せる、という言葉は神を裏切ってきた俺からすると縁起が悪いから言わないが、ともかく、防衛戦に備えて万端の準備を整えよう。

「へい、見えてきたデス！」

「あの黒い壁は、間違いないの」

穏やかな川にかかる橋の向こう側に、木でも石でもコンクリートでもない、黒一色の大きな壁が突き立っていた。長閑な田舎の村といった景色の中に、黒々とした防壁は異様な存在感を放っている。

「どうやら、建設は順調のようだな」

田舎村にはあまりに不釣り合いな漆黒の防壁は、ちょっとした城塞並みの高さと厚さを誇っている。

リリィと共に先行させた七名の神兵は、まだ自分で考えて判断する、というのが苦手なので、とりあえず正面に頑丈な防壁を作れ、という簡単な命令しか出していない。その他の施設に関しては、俺が戻ってから随時、指示をしていく予定である。

早いとこ合流して、俺も一緒に建設作業に従事するとしよう。

そうして、黒々とした巨大な正門の前までやって来ると、そこで門番に呼び止められた。

「おい、ちょっと待てよ、お前！」

まるで不審者でも呼び止めるような荒い声である。もしかして、俺達についての情報が伝わっておらず、味方だと認識されずに警戒されているのでは、と思ったが、その声の主を見れば、すぐに得心がいった。

「イズル村の冒険者だな」

猫獣人《ワーキャット》の少年の剣士である。俺がイルズ村冒険者ギルドを制圧する時に、真っ先に食って掛かって来た奴だ。そして、俺が膝を撃ち抜いた。

「ランク2冒険者、ニーノだ」

「俺はクロノ。足を撃ったことは、謝罪する。すまなかった」

膝の傷は、とりあえず治ってはいるようだ。ちょうど、ポーションを持った仲間のラミア少女がいたから、すぐに治癒されて大事にはなっていないはず。撃った魔弾はちゃんと貫通させておいたから、傷も治しやすい。

「うるせぇ、俺はそんな言葉が聞きたいんじゃねぇよ！　俺は、お前を信用できねぇ」

「ちょっ、ちょっとニーノ、やめなって！」

挑発的なニーノを慌てて止めるのは、やはり、仲間のラミア少女であった。一緒に門番をしていたのか、それとも、単に彼のことが心配で付き添っていたのか。

彼女は、ギルドでの出来事がトラウマにでもなっているのか、物凄く怯えた目で、俺を見ていた。

「いきなり俺達の村に攻めてきて、それで今度は敵を裏切って味方になった、って、そんなのワケ分かんねーよ！　こんな奴、信じられるワケないだろうが！」

自分が撃たれたから、という感情的な理由を差し引いても、ニーノの言い分は実に正しい。ぐぅの音もでないほどの正論とはこのことか。

正直、今の俺達に味方だと信じてもらえる要素は何一つないのは紛れもない事実である。ただ、全ての事情と、そもそも俺が裏切る原因となった、リリィだけは信じてくれているから、彼女の後押しでとりあえず仲間に入れてもらっている状況だ。決して、全員が喜んで俺達のことを受け入れているワケではない。

分かってはいた。分かってはいたが、いざ、こうして面と向かって言われると……参ったな、マジで返す言葉がない。

「やめなさい。それ以上、揉め事を起こすようなら、緊急クエストから除名にしますよ」

俺が適当な台詞を吐き出す前に、凛々しい女性の声が響きわたった。

金髪碧眼の美しい、耳が長い、エルフか。美形と名高い噂通りの美少女エルフ。だが、身に纏うのは無骨な鎧兜で、手には槍を携えている。容姿と装備が不釣り合いに思えるが、不思議と自然に見えるのは、隙のない立ち姿のためだろう。彼女は恐らく、相応の鍛錬を積んだ騎士だ。

「くそっ、俺は……」

「ほら、ニーノ、もう行こう。門番も交代の時間だし」

不満そうなニーノだったが、相棒のラミア少女に半ば引きずられるように、村の中へと下がっていった。

「すまない、仲裁に入ってくれて、助かった」

「いえ、事情はお察ししていますので。貴方がクロノさんですね？」

「ああ、任務を終えて、今、アルザスに戻ったところだ」

「リリィさんがギルドでお待ちです。どうぞこちらへ」

エルフの騎士少女が先導してくれたお蔭で、スムーズに俺達はアルザス村へと入った。

「君も冒険者なのか？」

「いえ、私はアルザス村の自警団員です。ローラと申します。私達もここに残って戦いますので、どうぞよろしくお願いします」

ローラと名乗った騎士少女は、折り目正しく自己紹介と挨拶をしてくれた。本当に、こんな田舎村の自警団員なのだろうか。ダイダロスの王城務めと言われても、納得のいく気品。やはり、エルフの美形だからか。

「自警団は避難民の護衛に専念すると思ったが？」

「敵の軍勢は非常に強大だと聞いています。兵は一人でも多い方がいい、とリリィさんが」

「リリィは自警団と関係ないんじゃないのか？」

「今は彼女が団長です」

なにやってんのリリィ……冒険者だけに飽き足らず、まさか自警団までちゃっかり指揮下に収めているとは。一体どうやったのか、知りたいような、知りたくないような。

戦々恐々としつつ、今や全ての兵の指揮権を握る、麗しの妖精少女が待つというアルザス村冒険者ギルドへ、俺達は踏み入った。

「おかえりなさい、クロノ」

扉を開けば、そこでリリィが出迎えた、というか、待ち構えていた。一瞬、言葉を失ってしまったのは、その姿に魅了されかけたからだと、素直に認めよう。

リリィは、服を着ていた。

純白の衣装は、天使か女神といった印象を覚える。実際、ギリシャ彫刻の女神像のような、キトンやトガとか呼ばれる衣装に似ていた。

虹色に輝く透き通った妖精の羽に、妖精結界《オラクルフィールド》の影響か、ゆらゆらと布地が波打っていて、実に神々しい姿である。

「ああ、ただいま。ちゃんと、服を着てくれたんだな。凄い似合ってるよ」

「そう？　いいのが無かったから、適当に布を巻いてみたのだけれど」

「思った以上に適当かよ」

「あまりに適当すぎたから、ちゃんと裁縫してもらったわ。実は、ついさっき出来上がったばかりなの」

見せびらかすようにクルっと回ってみせるリリィは、実に可憐だ。こうして外見だけなら、非の打ちどころのないパーフェクトな美少女なのだが、おっと、これ以上はオフレコで。

「ともかく、リリィに相応しい衣装になってると思うぞ」

「可愛い？」

「っていうか、綺麗だ」

「ふふ、ありがとう」

マジで見惚れる美少女スマイル。いかん、俺、こういうストレートなのに結構弱いぞ。無性に恥ずかしくなってくる。

「ぐぬぬ、まさかのエンゼルフォーム……」

「この着こなしは予想外だったの……」

そして、レキとウルスラは何を悔しがっているんだか。似合っていると思っているなら、素直に褒めてやればいいだろうに。少なくとも、村の子供服やエロ下着よりは、遥かにマシなセレクトだ。

「それで、首尾は上々のようね」

さて、二人のリアクションは放っておいて、早いところ本題に入ろう。といっても、俺の余裕な態度から、作戦成功というのはすでに伝わっているようだが。

「ああ、占領部隊の指揮官は暗殺して、館ごと司令部を崩してきた。兵舎と厩舎も吹っ飛ばしてきたから、軍備を再編するだけでも、それなりに時間もかかるはずだ」

「凄い、大戦果じゃない」

「奴ら、すっかりダラけきっていたからな。楽な仕事だったさ」

「これだけで、避難の時間は稼げそう……と、言いたいところだけれど、実は、こっちで一つ問題が」

「どうしたんだ？」

「ガラハド山脈に入る山道が、土砂崩れで塞がっていたそうなの。今は急いで復旧しているけれど、通れるようになるまで、時間がかかるわ」

参ったな、よりによって自然災害かよ。しかし、スパーダとダイダロスを繋ぐガラハド山脈を通る道は、普段は利用者など存在しない。この二国間は交易をしていない敵対国同士だからだ。

使う者がいなければ、整備もされないし、土砂崩れなどが起こっていても気づかない。

「恐らく、十字軍には追いつかれるわ」

「……分かった、今すぐ、防備を固めてくる」

「戻ったばかりで、ごめんなさいね」

気にするな。俺の体は特別性、一週間不眠不休でも戦い続けられるスタミナがある。建設工事くらい、楽なものだ。


「――全員集合」

まずは、アルザスに先行させていた神兵も含め、我らが『灰燼に帰す《アッシュ・トゥ・アッシュ》』のメンバー全員を集める。

「デース！」

「なの」

「あっ、レキとウルスラはいいや」

黒魔法が使えない二人は、防衛設備建設では役立たずである。

呼びつけておいて、速攻で解散させられた二人は、それぞれ俺の脛を蹴飛ばしてから、どこぞへと散って行った。おのれ、上官への反抗は、十字軍の軍規では重罪だぞ。あっ、俺もう十字軍じゃなかったわ。くそ、地味に痛いし。

「避難が遅れているせいで、ここで十字軍を食い止めるために戦う可能性がかなり高くなった。これから、本格的な防御陣地の建設に入る」

さて、とりあえず正面には立派な防壁が建造されているので、これはほぼそのままでいいだろう。

次に必要とすべきなのは、本丸となる冒険者ギルドの強化と、多数の歩兵を繰り出してくるだろう十字軍を迎え撃つためのキルゾーンを形成することか。

アルザスの冒険者ギルドは、村で唯一の四階建ての建物であり、本陣の司令部とするにはここしかない。ちょうど正門の川岸近くに立てられており、戦場となる河辺を一望できると、立地もよい。

大きくはあるが、木造建築の脆い建物のギルドだが、これを黒化などで丸ごと強化してしまえば、鉄筋コンクリートには及ばないが、砦の代わりとしてギリギリ使える程度にはできるはずだ。

「ギルドの強化は、二人いれば十分か。確か、モッさんとか呼ばれてたスケルトンの魔術士が『永続《エタニティ》』を使えるらしいから、協力を頼もう」

リリィを通せば、俺達以外の人員もスムーズに手配できるはずだ。手伝えるところは、できるだけ手伝ってもらおう。

「正面の方は、とりあえずトーチカでも作るか」

掩蔽壕《えんぺいごう》、バンカーとも呼ばれる、シェルターのような小型の防衛施設である。地中を貫通する爆弾のバンカーバスターのバンカーだ。

鉄筋コンクリート製で、半ば地下に埋もれる構造になってるので、非常に堅固《けんご》。防御側は、これに籠って機関銃を乱射するワケだ。

攻撃のための開口部である銃眼は、基本的には正面のみのため、死角が多い。だが、この死角をカバーするように配置していく。具体的には左右斜め前方に射線を形成できるようにすれば、火力を集中させることができる。つまり、キルゾーンの完成だ。

川を渡って上陸した河原、ここを正面に据えてトーチカを配置しよう。

鉄筋もコンクリートもないが、時間をかけて黒色魔力をつぎ込んで硬く分厚い壁を形成させれば、本物に近い頑強さを再現できる。形状も構造も単純だから、流石に専門的な建築の知識までは持ち合わせていない俺達でも、楽に建設できるのだ。

そして、この中で魔装銃《ブラスター》を持つ神兵が魔弾《バレットアーツ》を撃ちまくれば、十分に機関銃の代わりとなる攻撃力と連射力となる。十字軍の標準的な歩兵ならば、手も足も出ない圧倒的な制圧力を発揮するだろう。

「俺を含めて魔弾使いは十一人……トーチカ一つに二人詰めるとして……」

五つがいいところか。真正面に一つ、左右の斜め前方に二つずつ。これで射線はカバーできる。それに、あまり何個も作ろうとしても、魔力も時間もない。

「各トーチカは塹壕《ざんごう》で繋いで、周りは有刺鉄線で塞ぐか」

鉄の線があれば簡単に有刺鉄線は作れるし、使い道はあるだろう。これもリリィに頼んで、手すきの人員に手作りしてもらおう。

「後は、うーん、そうだ、折角だから地雷も埋めまくって、正面の橋は爆弾仕掛けてトラップに利用するか」

どうせ戻っては来れないし。地雷も爆弾も、黒魔法使いの俺達なら割と簡単に再現できる。魔法だから、地雷が埋まりっぱなしで危険、ってこともない。時間が経過すれば、魔法は自然に消滅するからだ。

「それと、念のために、森の方にもブービートラップを仕掛けておいた方がいいだろうな」

万が一、左右の森の方から回り込まれたら厄介だ。地形的に大人数をアルザスの後背に回すことは無理なはずだが、少数精鋭なら不可能ではない。そもそも俺達は寡兵だから、少数の奇襲部隊が現れるだけで、十分すぎるほど壊滅的なダメージを受ける危険性がある。

恐らく、十字軍の大兵力を相手にすれば、俺達は用意した防備をフルに用いて、ギリギリで食い止められるくらいの激戦になるはずだ。こっちに少しでも穴が開けば、あっという間に崩壊する。

「この田舎村が、十字軍の攻勢に耐えられる要塞になれるかどうかは、俺達の働きにかかってる。気合い入れて作るぞ」

「了解」

と、いつも通りの平坦な声しか返ってこないが。若干、寂しいものの、神兵達はいまだクソ真面目だけが取り柄の人形状態。俺の下手な発破などなくとも、１００％の力で仕事をしてくれる。

そうして、実に頼りがいのある部下たちと共に、俺の防御陣地建設工事の日々が始まった。


本格的な防御陣地の構築をはじめて三日。来たるべき戦いに備えて、無理のでない範囲で工事を進めている。もっとも、疲れ知らずの神兵基準なので、普通の人から見たらかなりブラックな労働時間となっているが。

俺は交代の休憩時間でギルドに戻ってくる。とっくに日は暮れて、今は真夜中といえる時間帯。

「はぁー、レキとウルスラは、もう寝ているか」

二人は強い力を持つが、その体は子供であることに変わりはない。俺達と違って、彼女達には成長期の子供に相応しい睡眠時間が必要だ。こういうところで、無理はさせたくない。

とりあえず、食堂から貰って来た飯を食って、二時間ほどの仮眠をとる。

俺は静かな夜のギルドの中で、酒場席に座って、パンとスープと豪快なステーキを一人寂しく食べていた。

「……」

不意に、何者かの視線に気づく。敵意はない。

まぁ、俺達は十字軍の裏切り者というイレギュラーなメンバーだから、好奇や奇異の目を向けられるのは当然だ。アルザスに来てからも、忙しく工事し続けているという理由もあるが、あまり積極的に他の冒険者が声をかけてくることもないのは、そういった面もある。今更、気にするべきことでもないが。

「……」

しかし、気になる。誰だよ、どんだけ俺の食事シーンを熱心に見つめているんだ。

あえて気にしない素振りで飯に集中していたが、あまりに視線を感じ過ぎるので、流石に俺は顔を上げて確認した。

「うおっ、近っ」

「こんばんは」

と、俺の驚きリアクションに対して随分と冷めた挨拶をくれたのは、青い髪に黄金の瞳の少女であった。夜中だからもうかなり眠たいのか、ぼんやりとした眼つきをしているが、リリィに負けず劣らずの美しい顔立ちをしている。

黒い三角帽子にローブと、魔女のような出で立ち。確か、このテの衣装はシンクレアでも古い魔女の格好として有名だ。おとぎ話に登場するレベルで。

で、そんな魔女が、気づいたら俺の席の正面に座って、半ば体を乗り出すような体勢。結果、顔が近い位置に。

「俺に何か用事でも？」

「いえ、特には。美味しそうだと思ったので」

そんなに、俺は美味そうに飯を食っていたのだろうか。これといって、俺の食事姿が料理の味でバトルするような漫画のキャラみたいに素晴らしい美味の表情を見せてくれるという評判もないのだが。

「食べるか？」

「いえ、もう歯も磨いてしまったので」

別に食べたいワケではないのか。それなら、気にせず食事を再開しよう。

「……」

なんなのこの子、めっちゃ見てるんだけど。

「なぁ、やっぱ食べるか？」

「歯は磨いたので」

「実は、腹いっぱいでもう食べられそうもないんだ。残すのも悪いし、一口だけでも食べてくれるとありがたいんだが」

「そうですか、それは仕方がないですね。それでは、いただきます」

歯磨きは終えたと主張していた彼女は、すでにナイフとフォークを握りしめており、分厚いステーキに手を伸ばしていた。

そして、半分ほど残っていたステーキは、あっという間に消滅した。おかしい、決してこの魔女っ子は大口あけてガツガツと勢いよく喰らっていたワケではなく、非常にお上品に切り分けて黙々と食していただけなのだが、ステーキはかなりの短時間で綺麗に平らげられていた。なんだこれ、新手の魔法か。

「ごちそうさまでした」

とりあえず、この人が物凄い食いしん坊だということは、よく分かった。そりゃあ、誰かが夜中にステーキ食ってれば、気になって仕方がないだろうよ。

「満足したか？」

「半端な量を食べたので、かえってお腹が空いた感じがします」

「今夜はもうやめておけ」

「そうします」

マイペースな子だなぁ、と、短いやり取りで実感してしまう。初めて遭遇するタイプだ。

しかし、裏切り者の怪しい奴である俺に対して、全く物怖じしないというか、遠慮しないというか、そういう態度でいることはありがたい。気軽に、俺も話を切り出せる。

「俺はクロノ。君も冒険者なのか？」

「フィオナ・ソレイユです。こっちでは、ついこの間、冒険者になりました」

「こっち、ってのはどういう意味だ」

「私は傭兵としてシンクレアからパンドラに渡って来ました」

「まさか、俺の他に裏切り者がいたとはな」

「傭兵ですので、別に十字軍に尽くす義理はありません」

「けど、ゴルドランでは大勝利だ。報酬もかなり色がついたって話だぞ」

「ご飯が美味しくなかったので、ゴルドランの戦いの前には辞めて、パンドラを旅することにしました」

「なるほど、いい判断だ」

「ありがとうございます」

彼女に皮肉は通じない模様。しかし、面白い、というか、何か裏があるならもっとマシな嘘をつくだろうから、きっとマジで飯がマズいって理由だけで抜けて来たのだろう。

ひとまず、このフィオナという魔女のことは、信じてみよう。

「クロノさん、貴方はリリィさんと仲良しですよね」

「仲良し？　いや、まぁ、確かに関わりがあるのはリリィだけだけど」

「実は私、リリィさんにパーティを組まないかと誘われているのですが」

うーん、リリィのことだ、絶対に何かを企んでいるに違いない。恐らく、フィオナさんがシンクレア出身ということを知って、監視するために傍に置いておきたいとか。

「今はフリーなのか？　誘われた理由に心当たりは？」

「暴走魔女は放っておくと危ないから、と」

「はい？」

「暴走魔女は放っておくと危ないから、と」

いや、台詞はちゃんと聞き取れてるよ。言葉の意味がすんなり理解できないだけで。

「それは、あー、えっと……魔法の制御が苦手なのか？」

「はい、少しだけ」

怪しいな。本当に少しなのか、盛ってないか？

「ひょっとして、イルズ村で大爆発起こしてた炎魔術士って、フィオナさんじゃないのか？」

「大したことないですよ。せいぜい『火炎槍《イグニス・クリスサギタ》』くらいしか撃ってないですし」

中級攻撃魔法だけであんなデカい火柱上げてたのかこの人は！

分かった、リリィが彼女をわざわざパーティメンバーとして組もうと言い出した意味が。こんなマイペースな天然少女を、フリーで好き勝手に戦わせたら、どんな大惨事《フレンドリーファイア》が引き起こされるか分かったものじゃない。

「是非、リリィと組むべきだ」

「そうですか、では、組みます」

すんなりと、リリィの申し出を受けることに納得してくれて幸いだ。彼女なら、きっと天然気味なフィオナさんでも上手く付き合えるだろう。

「相談に乗っていただき、ありがとうございました」

「いや、こちらこそ。話せて楽しかった」

正直、いい気分転換になった。こう、裏表を気にして、話さなきゃいけない場合が多かったから。

「では、おやすみなさい」

「ああ、歯は磨き直すんだぞ」

あっ、みたいな顔をして、そそくさと歩き去っていくフィオナさんであった。


「――いよいよ、来るか」

防御陣地の構築も順調に進み、ほぼ完成を迎えた頃、偵察に出ていた冒険者が、ついに進軍を開始する十字軍の姿を捕捉した。

今頃はクウアル村に到着したといったところか。そこから、このアルザス村まではどの村ももぬけの殻だから、すぐに通り過ぎてくるだろう。一応、時間稼ぎの嫌がらせとして、焦土戦術とセットで黒魔法仕掛けのトラップをバラ撒いてきたけど。

「ヘイ、なにシケた顔してるデスか」

「避難はそこそこ進んでる。ここでは二、三日、十字軍を止めればいいだけ。余裕なの」

不安を顔に出したつもりはなかったのだが、レキとウルスラに気を遣われてしまったようだ。

「なぁ、スパーダに行ったら、どうする？」

いや、どうしたい、と言うべきか。戦いを前に未来の話をするのは死亡フラグなどと揶揄されるが、いざそんな状況となれば、そんな話題でもなければ、希望も何もないだろう。

「美味しいモノいっぱい食べて、柔らかくてあったかいベッドでゴロゴロするデス！」

「司令部から奪ってきたお宝があるから、しばらく遊んで暮らせるの、くふふ」

「そうか、そうだよな……俺も、ゆっくり休みたいよ」

このスパーダへの避難が成功すれば、ようやく俺達は自由を手に入れられる。無論、十字軍の脅威は残るが、スパーダへ攻め込んでくるのにはそれなりの猶予がある。征服したダイダロス領の配分だけで、教会と貴族も揉めるだろうし。

そもそも、俺達が完全に十字軍との戦争から縁を切るって選択肢もあるわけだ。スパーダは国土防衛のために侵略者たる十字軍と戦わなければならないが、俺達はスパーダの騎士でも何でもない。もうこれ以上、戦う義務も義理もない。

だから、いいだろう。俺も、レキもウルスラも、そして自我を失った神兵達だって、十分に戦った。何の大義もなく、ただ洗脳されて、強制されただけの、過酷な侵略戦争。

そんなのはもう二度と御免だ。俺は、いや、俺達は誰一人として、絶対にいいように利用されて戦わされることはしない。それでも尚、銃を手に取るならば、それは、自分達の意思でだ。

「自由のために戦う、ってのは、悪くないな」

「イエス！　勝って、レキ達は好きに生きるデス！」

「夢のスローライフなの」

異世界を好きに生きるスローライフとは、どっかで聞いたキャッチコピーだが、ソイツは正に今の俺達が求めるべきものだ。そして、戦って勝ち取るだけの、価値もある。
だから、精々、頑張ろうじゃないか。俺達の明るい、未来のために——

あとがき

第六巻では、前々から欲しいと思っていた、地図に魔法武技一覧と、設定資料がついにつきました。登場人物紹介は、ついでのオマケみたいなものですね。

地図の方は本編での感想でも、見てみたいという意見の多かったものでした。今回の地図は、ダイダロス、スパーダ、アヴァロン、ファーレン、ルーンの五カ国を含む、パンドラ大陸中部の東より、という一部分だけとなっております。まだ書籍では登場していない地名なども記されていますが、『小説家になろう』で連載している方では、全て登場済みのものです。連載版を読んだことのある方なら、ピンとくるかと思います。

魔法武技は、基本的には元となる一覧が私個人の資料として存在していたのですが、今回、正式に書籍に掲載するにあたって、一部の名称を変更したりもしました。基礎的な魔法と武技の名前は、元々は昔、私が友人と一緒にゲームを作っていた頃に製作したモノの流用です。当時の私が頑張って考えた魔法名と武技名は、ゲームとして日の目を見ることはありませんでしたが、こうして設定資料として書籍に掲載できて、ちょっと報われた思いです。

そして、何と今回も外伝を収録です。自分でも、第五巻での一度きりで、あれでひとまず完結というつもりだったのですが……本編を書籍版のためにブラッシュアップした結果、思ったよりもページ数に余裕ができてしまいました。『アッシュ・トゥ・アッシュ』は割と好評なお声もいただいていたので、折角だからと、ちょっとした続きを書くことを決めました。本編とは異なる道を歩む、クロノ達の戦いを、楽しんでもらえれば幸いです。

それでは、これからも『黒の魔王』をよろしくお願いいたします。

菱影代理

黒の魔王Ⅵ　静かな夜の盗賊討伐

外伝『アッシュ・トゥ・アッシュ　第Ⅱ章』

著者　菱影代理

イラスト　森野ヒロ

発　行　2018年1月15日
発行者　窪田和人
発行所　株式会社　林檎プロモーション
〒408-0036
山梨県北杜市長坂町中丸4466
TEL　0551-32-2663
FAX　0551-32-6808
MAIL　ringo@ringo.ne.jp
装　丁　安心院貴子
製本・印刷　シナノ印刷株式会社

ISBN978-4-906878-63-5 C0093
www.ringo.ne.jp/